LOCUS

LOCUS

LOCUS

LOCUS

mark

這個系列標記的是一些人、一些事件與活動。

**mark 16 多桑與紅玫瑰**

作者：陳文玲
圖像／美術：三顆饅頭工作室
責任編輯：陳郁馨
法律顧問：全理法律事務所董安丹律師
出版者：大塊文化出版股份有限公司
台北市 105 南京東路四段 25 號 11 樓
**讀者服務專線：080-006689**
TEL ：(02) 8712-3898　FAX ：(02) 8712-3897
郵撥帳號：18955675　戶名：大塊文化出版股份有限公司
e-mail:locus@locus.com.tw

行政院新聞局局版北市業字第 706 號


總經銷：北城圖書有限公司
地址：台北縣三重市大智路 139 號
TEL ：(02) 29818089 (代表號)　FAX ：(02) 29883028

電腦輸出／製版：中原造像股份有限公司
印刷：吉鋒彩色印刷有限公司
初版一刷：2000 年 5 月　初版 7 刷：2001年 9月

定價：新台幣 250 元

Printed in Taiwan

# 多柔與紅玫瑰

## 這個叫做劉惠芬的女人是我的媽媽

陳文玲◎著

我不確定這本書究竟是創作還是記錄。

它根據事實而來，所以不能算是創作；

然而，所謂的事實，少部份是資料，

大部份是回憶與轉述，

所以也不能算是記錄。

不過，儘管難以定位，我還是對它有所期待——

謹以此書，獻給這個世界上每個不一樣的女人，

以及，全然不知我寫了這本書的媽媽和姊姊。

序

# 「壞媽媽」的斑駁書頁

南方朔

一九九九年，陳文玲老師把她準備寫自己母親的計畫送去參加「台北市文學年金」的甄選。那時我是評審之一，從未聽說過陳文玲這個名字。

可是，我對於她準備要寫的母親——那個多數人會認為是「壞女人」和「壞媽媽」的女子，卻十分的好奇，並對她這個寫作計畫充滿了期待。前代英美小說家亨利・詹姆斯（Henry James, 1843-1916）在《一個婦人的肖像》裡說過，一個歷盡滄桑的婦人，「宛若寫滿了各式各樣斑駁字體的書頁」，那是時代、社會以及生命拭之不去的殘損痕跡。我很懊惱沒有在評審會上說服其它評審。

而今，陳文玲終於完成了她的寫作計畫，看了她寫出來的「壞媽媽」，而且寫得如此生動有趣，我益發確信自己稍早的判斷確實「英明睿智」！這個「壞女人」和「壞媽媽」的故事，讓我不由得想到了與她有相似性的另一個原型人物，那就是英國文豪喬叟（Georffrey Chaucer, 1340-1400）在《坎特伯利故事集》所說到的巴斯夫人，而非常湊巧的，乃是她們都結了六次婚！

用「寫滿了各式各樣斑駁字體的書頁」來譬喻歷盡滄桑的婦人，乃是詹姆斯兩個對照式的譬喻之一。它的另一端則是完美女子的譬喻，她們是一張無瑕的白紙，「光滑平整，將會被寫下教化誨人的篇章」。

## 好女人與壞女人

「好女人」與「壞女人」是一個對比。我們總是稱讚並期待著「好女人」，我們相信並賦予它一種定義：那是一種自然的本性，被稱爲「完美」，由諸如貞潔、奉獻、自我抑制、認命等一切「被動的德行」所組成。「好女人」的完美，是「男主外，女主內」的性別區隔之基礎。「好女人」不能有自己，她們在不同的人生階段附屬於不同的對象，或者從父，或者從夫，最後則從子。「好女人」的「完美」是光輝燦爛的枷鎖，使被桎梏的人即使被囚仍覺得甘願光榮。也正因此，現代女詩人普娜絲（Sylvia Plath, 1832-1963)遂曰：

> 完美即恐怖，它不可能繁衍茂盛，
> 它有如冰雪的呼吸，封住了子宮。

因此，世間男子其實都很像羅馬詩人奧維德（Ovid, 43 BC-17AD）的《變形記》裡那個雕刻家國王皮格馬利翁（Pygmalion）。他倦怠於世間女子的低俗邪壞，愛上了完全由自己一手模塑而成的象牙女像。我們一刀一刀的，完全根據自己對「完美」的定義和嚮往，雕刻著我們對女性的期望：乖順如象牙，在我們意志主宰下的刀和手裡，被一點一點的「完美化」，一種絕對臣屬的完美。

相對於「完美」的「好女人」，遂有了其它種種的「壞女人」，例如對婚姻不滿的不貞女子，或是自我太強而不服管教的悍婦和「無人罩得住的女人」(unruly woman)，而更極端則有易卜生 (Henrik Ibsen, 1828-1906) 在《海達・蓋勒普》裡充滿報復性的海達，以及當代各種「致命的吸引力」之婦女。

而在各種「壞女人」裡面，那種歷盡滄桑，有如「寫滿了各式各樣斑駁字體的書頁」的女子，她們的「斑駁書頁」所留下的痕跡，一方面固然是她們殘損的生命，但換了一個角度而言，她們的斑駁裡的一撇一劃，也莫不都是時代某種側面的痕跡。由陳文玲那個曾經當過舞女、老鴇、單幫客、摸摸茶咖啡座女老闆、西餐廳女老闆，又總是和中老年外省中高級官吏鰥夫牽扯不清的媽媽的一生，不僅讓人想起了尹雪豔和金大班的某些側影，更讓人想起無分中外，曾長期依附於男子花花世界周圍的女子蜉蝣群落。她們在不同的時代裡有不同的稱呼，包括了諸如青樓 (prostitute, Courtesan, Pander)、交際花草 (Charity Girl, Bimbo)、女光棍和大姊大、古代的女優伶、國王和貴族豪紳的情婦 (Mistress) 等。

在古代的傳統型社會，男女的性別分工、社會角色、價值區隔等均極嚴格。於是，圍繞著權力和財富，遂有了一個男子的花花世界，他們可以窮奢極侈，可以吃香喝辣。

自認有水準的，可以風花雪月，琴棋書畫；而俗民社會裡沒水準的，尤其是中國民間社會裡的豪強頭頭們，則另有一個類似於早年上海人所謂的「白相人社會」，他們呼盧喝雉，穿金戴銀。這個無論上層或下層社會的男子花花世界，和一切「完美」的女子世界無關，他們在「完美」的驅動下，活在另一個道德教化的理想國裡，而只有那個女子的蜉蝣群落可以穿透到這個男子的花花世界之中，分霑到權力、財富，甚至文化的光榮。

這個女子蜉蝣群落除了是女子通往花花世界的唯一管道之外，它同時也來是打通階級界線的敲門磚，貧窮階級的家庭只要出了一個這樣的女子人物，多多少少都有了跨越階級界線的僥倖機會。這種女子蜉蝣群落的特性，使得它同時兼具了「中心群體」和「邊緣群體」(Marginal Group) 的特性。它是滾滾紅塵裡最多傳奇的發生地點；有了傳奇，當然也就有悲劇，而我們的羨慕和鄙夷等道德情緒，也在這個界線上經常不知如何是好的混淆迷離。

女性蜉蝣群落的傳奇多矣。中古義大利有好多個才色兼具的「藝妓」(Courtesan) 得到過愛國勳章；文藝復興之後以迄理性時代，好多個沙龍的女主人是豪門的情婦，十八世紀法王路易十五的情婦龐畢多夫人 (Madame de Pompadour) 就是那個時代最著名的例證。古代中國由唐而清，半娼妓的女道士、詩妓與舞妓，一直到賽金花，這種青樓傳奇乃是中國婦女史裡最主要的成分。清末民初以迄後來的上海解放，諸大亨左右恆有一個女性白相人的存在，她們的豪放、耍江湖、搞有情有義但同時也既狠又辣的那一套，則完全是男子白相人的翻版與模造。永遠的尹雪豔和金大班的故事，在滾滾紅塵裡只能算是最微不足道的一種。

女子蜉蝣群落的故事多矣。那是一個以色藝爲手段的生命歷程。可以用各式各樣的方式來描述這樣的歷程。根據舊標準，我們可以說這個蜉蝣群落的女子天生賤命，不守婦道，愛慕虛榮，追求享受等；但換了另一種社會演化史的觀點，我們未嘗不能說這不是一種時代的傷痕，女性被擠壓在一個很狹窄的空間裡。我喜歡用一種「否定的條件式」的思考來看待現在與過去。如果沒有隨著時代變化而出現的龐大且主流的演藝事業，那些成爲大眾偶像的美女俊男歌手及演員，他們那種風光將何以寄棲？那些美少女除了被某些權貴豪商包養包飼，成爲「另類娼妓」外，可有別的發揮？在演藝事業發展的過程中，無論中外，都有一段漫長的時間和娼妓劃上等號關係，這豈是偶然？

在近代的女子生活史裡，美國學者曾有多人研究過一八八〇至一九二〇年代之間的「舞廳女孩」(Charity Girl) 這種「邊緣群體」，她們是女子的流動性開始擴大、但角色界線仍極嚴格的時代之產物，於是她們遂大量參加當時新貴與新興中產階級的舞會，期望像賭命般的去接近那個花花世界——她們是「壞女孩」嗎？在女性寫作初期，出過好多位有才華兒豪放的女子，如和每個紐約高檔文藝教授都有過床上關係的瑪莉·道格拉斯 (Mary Douglas)——她是眞的下流嗎？縱使到了現在，各世界的花花世界裡，仍有一大群被稱爲「交際花」、「撈女」或「蕩婦」(Bimbo) 的存在，極少數有幸成名，多數則穿插成豪商巨紳風月情事裡的龍套，偶爾成爲諸如《美國國家詢問報》及《星報》的報導題材，並成爲人們既羡又恨，更多的則是鄙夷之對象——她們都是「愛慕虛榮」的「壞女人」嗎？如果愛慕虛榮的人受到鄙視，那麼我們又要怎麼說那些創造並生活在「虛榮」裡的女人呢？一九五〇年代，我念初中，大人們的文藝界曾鬧過一場超級大八卦，甚至還引發了大謾罵及大筆戰。那就是轟動當時的「隨稿登床論」，而誰又是「壞男人」或「壞女人」呢？

## 女子蜉蝣群落的一員

或許，只有從女子蜉蝣群落的觀點，始可能眞正的理解陳文玲筆下的「壞女人」和「壞媽媽」。那個女人的確滄桑至極。她是台灣女子，看過上海的繁華，對好日子充滿了嚮往。於是，開始了她那種仰仗色（美色）藝（才幹與混世技巧）而攀爬搏鬥的生涯。如果她的命再「好」一點，譬如說能夠讀到大學，嫁個什麼名門世家，說不定就會成爲叱吒風雲的婦女頭頭，吃大菜穿名牌，偶爾搞點社交秀，一路風風光光，繁華到老。可是，那個「壞女人」的出身及那時的處境，甚至當時的社會條件，卻不允許她有這麼好的命。她的父親是公車司機出身的窮人，娶了有錢但兔唇的妻子，而後在日治末期遷徙上海經商，由於種種厄運，敗盡家產，躲回基隆。國共內戰期間，她和母親也返回基隆，從此過著窮苦而潦倒的生活。她幼時顯然在上海曾過了一陣子有錢的生活，而她顯然也相當聰明，否則不會在基隆唸小學時曾拿第一名。聰明、美貌、窮苦的早熟，以及在母親死後過早的承擔包袱，遂使她在生命一開始就選擇了靠男人生活這條不歸路，過早的與人同居（十五歲），過早的進入男子花花世界（十八歲當舞女），使她成了蜉蝣群落裡的一員。她對自己的期望與社會對她的期望完全不同，而她並無條件去履行對自己的期望。一個歷盡滄桑的女子，她的「斑駁書頁」所寫的，其實也就是她的命運和限制，以及她和命運糾纏的痕跡。她的滄桑起源於她的「不能」；「不能」卻又佯裝爲「能」，她的那些奸奸壞壞，所註解的，不過是一個「不能」但又以爲「能」的人所走的小路而已！

陳文玲筆下的那個「壞女人」和「壞媽媽」，非常有時代感的，乃是這個女人一生的牽扯和糾纏，總是和那些外省的、中年的中高級公務員有關。這乃是非常「白先勇式」的場景，如果對那個時代的台北紅塵情事多少能夠有一點理解，或許就會知道，那個壞女人的這些遇合並非單純的偶然。

民國四、五〇年代的台灣依然貧窮，台北的滾滾紅塵，本土化的是酒家，外來化的是舞廳。不多的台灣商人是酒家常客，而華僑、公民營企業的外省人、隻身來台的中高級公務員，則是舞廳的主要客人來源。舞廳是海派文化在台灣的移植。舞小姐和客人間的風月傳奇難以盡數，只有極少數能以善終，例如在台北的美食圈許多人可能都知道，某家銀行的一個副理迷戀某紅牌舞女，搞到盜用公款而入獄，該紅牌舞女感其恩義，從此洗盡鉛華等著他的出獄，而後兩人胼手胝足從開小飯館做起，並闖出名號，恩愛至今。但這種傳奇終歸鮮見，更多的乃是各種怨憎的故事。

依附於男子花花世界的那個女子蜉蝣群落難有善終，可能與人好人壞有關，但可能亦根本無關。那個「壞女人」和外省中年公務員鰥夫都沒有好的結果，或許最根本的差異乃是彼此的相互期望完全不同罷了。她的婚姻總是失敗，她一生都在爲借錢還債而交瘁，她做過那麼多的在那個時代多半屬於蜉蝣群落的營生。她以爲她「能」，其實她完全「不能」超越蜉蝣群落的宿命與角色限制。她那個「壞女人」的一生，不過就是「不能」卻以爲「能」，因而東拉西扯的掙扎歷程而已！

## 不符期望的壞妻子

多年前，台北市的永康公園曾發生過一起分屍命案，一個年老的高級外省公務員鰥夫，在朋友的撮和下，續絃了一個閱人已多，顯然有過紅塵經驗的後中年女子。她長得體面，仍有極好的膚質，但這男人不滿她的佚樂與揮霍，最後予以殺害並肢解，棄屍公園旁。一個老人費力的拖著棄屍的皮箱，沿路的拖痕使該案很快就告偵破。

這大概算得上是蜉蝣群落的女子做不成好妻子的最極端例子。花花世界裡的蜉蝣群落，是另外一種陣仗與行爲模式，它必須懂得賣弄風情而且要恰到好處，必須有上得了檯面的種種架勢；或許，這乃是那個「壞女人」能夠吸引那些外省籍、任公職、斯文嚴肅的中年鰥夫或單身漢的原因。而他們爲什麼會對這樣的女子特別鍾情呢？

或許，這又是另外一種時代的誤會。古代中國，長期以來都是「官本位」文化當道，爲官者不論文武，遂都有娶妻當如「官夫人」的嚮往。他們期待的「官夫人」必須長得登樣，必須有見過世面的歷練，要有尹雪豔般的風華。或許也正因此，在民國四〇、五〇年代，遂有了許多像尹雪豔或本書裡這種女子的出現，她們滿足了許多人尋找「官夫人」的想像。她（本書中的媽媽）在民國五〇年代分別嫁過月入三千台幣的中級官員，嫁過能送她五克拉鑽戒的警總處長，也嫁過在安和路買得起大房子，而且還養得起幾隻狗的官員，以普通台北人的現實而言，已的確讓人豔羨。

然而，「官夫人」的時代終究已難再返。戰後的台灣，除非豪門巨商或超級大官，大概都已不再可能有「官夫人」的場面；中高級的公務員加上積蓄，可以讓人過著普通的中上日子，卻無論如何撐不起舊中國官本位體制下的「官夫人」場面，也難以滿足原本即期望不同，在那個蜉蝣群落一切都得之甚易的人之生活。當然，另外還可能涉及夫妻間年齡差距所引起的種種不快樂。她不能成爲好妻子，乃是兩造的結合原本即是一種誤會，後來當然會在瞭解中痛苦的分開。

她不是好妻子，那是一種雙方誤會所造成的結果。但我仍願意相信，她的一生中，和「好女人」及「好妻子」的確有過擦肩而過的機會。她至少有過兩次眞誠的愛情，在這兩次，她付出的比得到的多。眞誠的愛情是「好妻子」的先決條件，她沒有被給予這樣的機會。

## 「壞媽媽」仍然是媽媽

我常常在想，如果寫尹雪豔和金大班故事的人不是白先勇，而是她們的兒子或女兒，那麼尹雪豔和金大班會被寫成什麼模樣？或者她們的兒子女兒會因爲覺得羞恥而蓄意逃避去寫「壞媽媽」的故事？

現在，終於以另外一種方式有了答案。再壞的媽媽，終究是媽媽。再怎麼蜉蝣，再怎麼煙視媚行，再怎麼被人認爲是「壞女人」或「壞妻子」，一旦成爲媽媽，總是有那些眞正媽媽的本質。那是一種多少有點殘缺或扭曲的媽媽之愛，蜉蝣般的生命追逐裡，那是最柔軟的部分。她對兒子的溺愛，在大女兒自殺而死時的痛哭裡的悔恨……這些人性的顯露，或許即是她尚未消失的生命內境。到了最後，她的一個女兒竟然還能，而且也願意把她的故事寫出來，或許她的一生到了最後並未完全失敗。而透過這個「壞女人」和「壞妻子」的故事，我們對於曾經和我們一起活過的另外一種人，他們的時代和他們的思考及行爲方式，也就有了新的理解與同情。

台灣社會有太多人與事都不被我們熟悉，這些人曾經怎麼樣的活過？不僅紅塵女子而已，有太多人的滄桑都「宛若寫滿了各式各樣斑駁字體的書頁」，或許，現在已到了人們去重新解讀這些「斑駁書頁」的時候了。他們的故事並不在簡單歸類的「好」或「壞」之中。他們的故事超過了「好」與「壞」，而是更大的時代與社會的謎團！

花花世界，紅粉零落，她們是寫滿了時代痕跡的書頁。她們受傷，但同時傷害到別人；她們曾走到花花世界的門口張望，終究未獲進入它的廳堂。男子花花世界周圍的那個女子蜉蝣群落，在鶯飛蝶狂、看似風華萬千的僞形下，所遮蓋的乃是各式各樣可能及不可能的人間條件。感謝陳文玲寫她媽媽的故事，讓我們對這個世界能夠懂得更多。但我還有一個未解的好奇：她媽媽左手少掉了的無名指，背後一定有著另一個會讓人發麻或發酸的故事。

原諒我有感而發，寫了這麼長的一篇序言。

二〇〇〇年清明之后

## 目錄

# 和爸爸生活了一輩子，卻寫了一本媽媽的書。

小時候，常看見爸爸端坐在書桌前，就著一盞昏黃的檯燈，用小楷毛筆在稿紙上一格一格地寫字。我問他在寫什麼，他說他要把他和媽媽的故事寫下來，等我長大，才會明白爸爸媽媽不在一起的原因。好奇如我，怎麼能夠捱到長大呢？儘管爸爸總是細心地把手稿鎖進衣櫃抽屜裡，我就是有辦法翻箱倒櫃找出那把通往身世之謎的小鑰匙，只要爸爸一出門，我就把他的稿子拿出來翻一遍，直到倒背如流。

No.

# 前言

一個貪婪虛榮的女人，她天天做著財迷幻想夢，視愛情如兒戲，她不肯用感情去愛一個男人，而她卻認為金鋼鑽即愛情，但不幸的我，原出於誠心和真意，曾挽救她，曾愛撫她，終得不到共鳴，靜思往事，不堪回首。

如果當繁華的遊宴過後，夜闌人靜時她如有一種空虛沉寂的感觸，那就是她為追求虛榮而得到的報應。

她青年時祇能算是豐滿，本應追求幸福努力向上，但從幼失去管教，母親早已見背，父親經商失利，學校教育與家庭教育都脫了節，因之漸漸養成了無拘無束的習氣，生活進入糜亂而不正規，但人非聖哲，知過能改，善莫大焉，而她志氣未立，沉醉於花花世界，最後身敗名裂，前途這份手稿，後來經過簡單的裝訂，變成一本薄薄的書，書名叫做《我與翠明》。爸爸的回憶錄，是我認識媽媽的最初版本。

媽媽的名字是「惠芬」，那麼，「翠明」是誰啊？這個名字第一次走進我的世界，在手稿第二頁左下角：民國四十八年，當時在基隆警察局當警官的爸爸，在夜巴黎舞廳邂逅了一位叫做「翠明」的舞小姐。他對她的第一印象是：「身材適中、談吐文雅、態度親切有禮，在在使人留下不壞的印象。」但是，「當我無意間問到她的終身大事時，她說：『我與某君將於短期內完婚。』」

翻到第四頁，那是民國五十年，改名「莎菲」的媽

媽打了一通電話給爸爸，主動邀他見面。爸爸寫道：「兩年不見，翠明改變了很多。她精神萎靡、情緒欠穩定。她說她與某君並未正式結婚，雖生有子女各一人，均未報户籍。」見面以後，兩個人往來密切，「為表雙方情願，先行訂定白首之約，沒想到消息走漏，被她父親責為不孝。」糾纏了一年，民國五十一年三月二十二日，他們在台北地方法院公證結婚。花花綠綠的結婚公證書貼在手稿第十頁，媽媽的簽名看得出是由爸爸代筆的。

隔了兩頁，兩個人開始為大事小事吵架。爸爸嫌媽媽喋喋不休，媽媽懷了我，有恃無恐，乾脆動手打人。隔年五月四日，他

們在成都路十二號吳律師的辦公室簽下離婚協議。這段僅僅維持了十三個月又十二天的婚姻，留給爸爸一輩子的抱怨和一個麻煩透頂的女兒。我是民國五十一年十月在內江街婦幼中心出生的，手稿第十五頁貼著我的出生證明，擠在媽媽用鋼筆寫下的悔過書和貼著四塊錢印花稅的離婚協議中間。

在寫《多桑與紅玫瑰》的過程裡，除了走訪媽媽的朋友、親人、債主、姊妹，我也不斷地回過頭去尋找當年那個瘋狂愛上翠明的男人，和在燈下為小女兒寫故事的爸爸，可惜的是，我幾乎一無所獲。一九九八年暑假，我陪爸爸去了一趟大陸，旅途中，特別是在上海的

時候，他說了一點點關於媽媽的事情，但是，總還是批評多、敘事少，之後，他就再也不肯開口了。每次我問他，他就把話題引到其他地方。

和爸爸相處了三十多年，對於他的沈默與迴避，我一點也不陌生。我的爸爸，是個非常拘謹嚴肅的男人。雖然家裡只有我們兩個，卻從來不曾看見他打赤膊，或者穿著內衣內褲走來走去，天氣再熱，至少也是一件襯衫和一條西裝褲。偶爾我的朋友來訪，他一定會打起領帶，換上整套的西服。油亮、一絲不苟的西裝頭更是他從年輕到老的註冊商標。我常常開爸爸的玩笑，說他的頭髮「八風吹不動」，和他一起拍照，只能從我的一頭

亂髮來判斷當天的風向與風速。

這樣的爸爸，對於我動手寫媽媽的這個計畫，多少有點不以為然，主要的原因，應該是覺得家醜不可外揚吧。有一天，他問我要一份寫好的稿子，說要先看一看，我支吾其詞，就像他閃躲我的追問那麼自然、老練。

唸大學時，我整天抱著吉他寫民歌。大四那年，報名參加大學城舉辦的「大專創作歌謠比賽」，爸爸為此和我懇談了一回。他說，只要我放棄這個比賽，他就給我一筆相當於冠軍獎金的零用錢，但是如果我執意要去，他要砸爛我的吉他、打斷我的腿。叛逆如我，當然還是去比賽囉——而且，靠著朋友的幫忙，捧了一個冠

軍杯回家。爸爸知道這件事以後，不但沒有打我，還興致勃勃地約了媽媽來家裡看台視播出的比賽錄影。過去這兩、三年，我一邊寫著媽媽、一邊想著爸爸——不知道爸爸看見這本書的時候作何感想？想著想著，有點手腳發軟，覺得也許不該冒著父女恩盡義絕的風險寫媽媽的故事。不知道這回，我會不會還有當年的好運？

因為，就某種意義而言，這本書不只是紀念媽媽，也是獻給爸爸的。

如果說媽媽是給我生命的人，爸爸就是給我世界的人。因為他照顧我，我才能夠受教育、平安長大；因為他陪著我，我才得以囤積足夠的能量面對起伏的人

生；因為他愛我，我才學會了愛自己、愛別人，長成現在的模樣。可是，爸爸自己的運氣卻不好。他的愛情極不順利，明明是個木訥規矩的男人，兩次婚姻卻都以離婚收場（所以，躲在衣櫃抽屜裡的手稿，其實不只《我與翠明》一本）。中年以後，爸爸愛上一個護士，卻因為兩人年齡差距太大而黯然分手。而我呢，作為爸爸唯一的親人，恐怕也是最最傷他心的人了——不只小時候到處闖禍，為他找過無數麻煩，直到現在，我的穿著、想法和行為還是讓他頭痛不已。荒謬的是，我竟然衷心期待這樣一本在他眼中必然離經叛道的書，能夠拉近一點我們的距離，甚或可以帶給他一些些安慰。

去年夏天，我和爸爸一起到日本旅行。從小，他就寵我，在遊覽車上，總是讓我靠著窗口坐。和爸爸生活了一輩子，第一次，我把窗口的位置讓給他。希望爸爸顧念這一點，原諒我寫了一本媽媽的書。

# 楔子

我在美國德州中部一個叫做奧斯汀（Austin）的城市讀了五年半的書。奧斯汀的西北角落有一塊小小的「東方特區」，裡面有美味的越南河粉餐廳、貨色還算齊全的香港超市，以及一家專門租售中文錄影帶的小店。爲了稍解鄉愁，我總是三天兩頭地往那裡跑。

有一天，我租了兩部國片回家，一部是描寫早年北台灣礦坑生活的《多桑》，一部是根據張愛玲小說改編的《紅玫瑰與白玫瑰》。那個下午連看兩部調性截然不同的電影，看完以後，第一個念頭就是打電話找媽媽，因爲兩個故事都讓我想起她。

媽媽是基隆人，但是小時候曾經在上海住過幾年，說得一口流利的上海話，也見識過十里洋場的派頭。她的儀態、口吻、風情和那種讓男人情不自禁的魅力，和電影裡飾演紅玫瑰的陳沖有點神似。《多桑》裡讓我看見媽媽的，倒不是那些穿著樸素、刻苦持家的太太們，而是那個有點霸道、任性、大男人、蠻不在乎，時常惹妻子生氣、被家人數落的「多桑」。

我眞的打了一通電話給媽媽。那時她爲了躲債，常常借住在別人家裡，輾轉幾回，終於在天母的二姨家找到她。我記得她的語氣平淡一如往常，只有在談起哥哥的時候，才變得比較開心、多話。這樣的媽媽，我很熟悉，也很陌生。

在爸爸的世界裡，我是掌上明珠；在媽媽的世界裡，我卻像是一個祕密、一次意外。和媽媽相處的失望，讓我學會了對她沒有感覺，即使偶爾起了想她的念頭，也習慣性地放在心裡，就算在媽媽病危的那段時日，我也是害怕的時候多、難過的時候少，直到她過世，處理完後事，我回到奧斯汀，呆滯了一段時間，悲傷和思念才突然像排山倒海一樣向我湧來。我拿起筆，想寫下所有關於媽媽的事情，卻發現自己知道的少得可憐。

媽媽，究竟是一個什麼樣的女人啊？四年前的秋天，我開始一段尋找她的旅程。

## 一九九八年五月，上海外灘公園。

**爸爸說：「妳媽媽是個潑辣的女人。」**

爸爸說媽媽是「男格女命」，用白話文講，就是男人婆的意思。他舉了一個例子：

「我們住在溫州街的時候，有天晚上，在電影院門口叫了輛三輪車要回家。車夫踩到師大附近，停下來不肯踩，說要加錢，妳媽媽一聽，火氣就上來了，高跟鞋一脫，拿起來就一直敲那個三輪車夫的頭。」「後來呢？」我問。「後來啊，他把我們送到家門口，也不敢收錢，就跑了。」

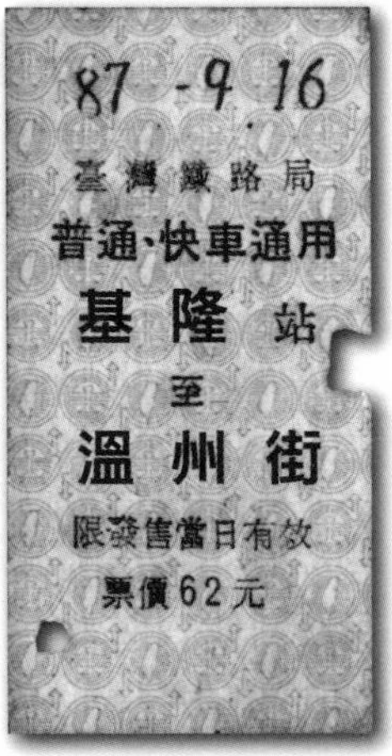


媽媽脾氣火爆，我也曾經聽姊姊提起過。她說，凡是碰到要動手的場合，肯定是媽媽佔上風，因爲媽媽會像隻瘋狗一樣，用牙齒咬、指甲抓、用頭撞、用腳踢、再用整個身體撲向對方。被媽媽「修理」過的男人很多，據說，媽媽的某一任丈夫就曾經因爲「暗崁」了一筆私房錢，深更半夜被媽媽從床上踢下來，摔斷了兩根肋骨。

有一次，我問媽媽是不是眞的很會打架，她捲起衣袖，裝出一臉兇惡的表情，怪聲怪調地對我說：「哼！老娘見過的世面可多著了，誰敢欺負我？」

**一九九八年九月，南京東路一段，樂雅樂餐廳。**

**李阿姨說：「憑良心講，妳媽媽是個夠義氣的人。朋友走投無路，她再窮，也會弄一點錢給他們。」**

很多人對媽媽的第一個印象就是「阿沙力」，因爲她總是大聲說笑、大口喝酒，還喜歡到處交朋友。李阿姨說：「妳媽媽有錢的時候，對朋友眞的很好，常常會買這個、送那個給朋友。」三姨也跟我說：「在妳媽媽認識一些壞朋友以前，對我們三個妹妹很好，也非常孝順阿公。」我和爸爸也是媽媽個性大方的見證人。和媽媽約會，除非她臨時爽約，否則她一定會帶著大包小包的禮物出現。還有，我和爸爸的家，可以算是媽媽親手佈置的，因爲媽媽每次搬家，就會叫輛卡車，把她不要的沙發、冰箱、冷氣、櫃子……一古腦兒運到我們住的地方。

不只對熟人好，媽媽對不認識的人也很和善。好幾次，我和媽媽一起坐計程車，看見有人躺在路邊，她會叫車子停下來，要我拿一點錢給那些無家可歸的人。不過，李阿姨也承認，當媽媽沒錢的時候，就會變得很賴皮，完全忘記對朋友要講義氣這檔子事。除了借錢不還，媽媽還會想盡辦法從別人身上搜刮出更多的鈔票，這種苦頭，幾乎每個認識她的人都嚐過，連做兒女的也不例外。

**一九九七年十一月，南京東路天津街口，麥當勞。**

**佩珊阿姨說：「妳媽媽啊，沒見過這麼浪費的女人。」**

談起媽媽的奢侈，每個人都有一堆故事。李阿姨說，當年媽媽下海伴舞，一口氣訂做了五十件旗袍。三姨說，廿多年前，媽媽結第三次婚的時候，長短棉襖準備了十幾件，每件都要上萬元。佩珊阿姨在天津街的巷子裡開了一間小小的委託行，媽媽不去則已，一去就會拿走十雙皮鞋、半打皮包，付帳的時候，看也不看標價一眼。媽媽愛熱鬧，喜歡請朋友上館子吃好菜，一吆喝就是一大桌，每頓都要吃掉不少錢。

從小，媽媽的排場就讓我印象深刻：媽媽出門從來不坐公車，一定以三輪車或計程車代步；媽媽付帳一定給大鈔，而且絕對不會伸手去碰找回來的零錢。總而言之，媽媽有一個奉行多年而不悖的生活哲學，就是「物慾豐沛，寧濫毋缺」。媽媽中風住院，守在病床旁邊的阿珠阿姨掉著眼淚對我說：「妳媽媽借錢借了四、五十年，壓力那麼大，每天過不好，你們都不曉得。」阿珠阿姨的話，我一半同意，一半反對。沒有受過什麼教育、欠缺一技之長的媽媽，的確靠著舉債、周轉、連哄帶騙過了一輩子，但是，媽媽吃到、穿到、玩到、用到，對於一個全心渴望享受消費樂趣的女人來說，我也必須承認，實在看不出媽媽這一生有什麼遺憾。

**一九九八年二月，電話線上。**

**三姨說：「男人都喜歡媽媽，因爲她是個見過世面的女人。」**

媽媽長得不錯，但是和她常常掛在口上的那種「足以顛倒眾生」的美貌，到底還是有一段差距。她的迷人之處，根據三姨的說法，在於「口齒伶俐、交際手腕好，又懂得如何打扮自己」。爸爸剛認識媽媽的時候，說她是一個「豐滿而強壯」的女人，這樣的形容詞，似乎很難爲之後兩人的熱戀自圓其說。經過逼問，爸爸解釋，媽媽當年之所以那麼吸引他，是因爲她「談吐不俗、閱歷頗豐」。媽媽的第二任丈夫任職於警備總部，據說他也是迷上了媽媽那種見過世面、從容不迫的氣質，覺得她可以扮演一個稱職的官夫人。

媽媽過世以後，我在她的房間裡翻出一疊許多年前媽媽在家裡請客的照片，照片裡，頭頂微禿的男子喜孜孜地擁著雍容華貴的妻子，那個男子是媽媽的第三任丈夫，而照片裡的媽媽，儘管中年發福，還是可以看出一派老練能幹、世故大方的模樣。媽媽年輕的時候去算命，算命先生說她的八字裡枕頭永遠少一只，不管跟誰在一起，都沒有辦法白頭偕老。事實證明，確實沒有一個男人可以抓得住她的心。

儘管如此，我卻一直想知道，男人都愛媽媽，那媽媽到底愛誰呢？每個被問過的人，包括我的爸爸在內，都篤定地回答我：「妳媽媽最愛錢。」

一九九九年四月，金山南路信義路口，律師事務所。

**媽媽的乾女兒阿玉說：「媽媽喔，伊是一個像小孩一樣的人啦。」**

媽媽是個點子多、花樣多、非常孩子氣的女人。有一次，阿玉陪媽媽去算命，算命的說：「人家說孫悟空有七十二變，我看妳這個女人是七十四變，比孫悟空的把戲還要多。」在我的記憶裡，媽媽很會說故事，也很愛表演，常常吃飯吃一半，就開始比手畫腳、擠眉弄眼，把她在外面跟人家談判或吵架的經過演給我和爸爸看。一九九六年年初，我回台北過年，和媽媽約在華西街見面。她提著一個樣子很奇怪的大袋子來找我，我問她裡面裝什麼，她扭捏了半天，拿出兩個包在塑膠袋裡的米老鼠春聯，說是在路上看見買著好玩。媽媽看我笑個不停，就把一個米老鼠給了我，至今還掛在我的書房裡。李阿姨說，媽媽在她家住的時候，每天都拖著李阿姨全家聊到凌晨三、四點，除非媽媽睏了，誰都別想上床睡覺。她還說，媽媽會像個小孩一樣賴著不肯洗澡，直到李阿姨幫她放好洗澡水，三催四請，才勉強去泡個幾分鐘。我不曾親眼看過李阿姨口中那個撒嬌兼撒野的媽媽，但是這些故事聽起來一點也不誇張。在她的世界裡，人情、事故、珠寶、財富，樣樣都是玩具。

媽媽，究竟是一個什麼樣的女人啊？媽媽大半輩子和我住在同一個城市裡，我在街道上遊走、巷弄裡張望，花了四年的時間找她，卻發現自己在過程中迷了路……

卡爾維諾（Calvino）在《看不見的城市》裡提到一個叫做艾雷尼的城市，他說：「對於那些經過卻沒有進入的人而言，這座城市是一個樣子；對於那些深陷其中，不再離開的人，則是另一個樣子。你第一次到達時，有一個城市；你離開而且永不歸來時，又有另一個城市。」我的媽媽，就是這樣。關於她，每個人看見的、聽聞的、轉述的、想像的、相信的都不同。對家人來說，媽媽是母親、是姊妹，也是路人。對朋友來說，媽媽是為所欲為的大姊大，也是個拒絕長大的小小孩。在情人眼中，媽媽是風騷的紅玫瑰，也是外表跋扈、內心柔軟的多桑。至於對我，媽媽是幾張照片、一疊手稿和殘缺不全的記憶，可是，每次回頭，總是在她的故事裡看見那個與亢奮和消沈抗爭不休的我自己。

今年春天，爸爸搬去大陸，李阿姨生病過世，表弟結婚、三姨請大家喝喜酒，佩珊阿姨搬家、換了地址電話，阿玉也和我失去連絡。我終於明白，尋找媽媽，就像尋找人生的意義一樣，是一趟沒有起點、所以不會結束，沒有命題、所以永遠也找不到答案的旅途。

我們不是一家人
Family Album
媽媽 19歲
?
我 35歲
姊姊 30歲
哥哥 12歲

第一個提議要拍全家福的人，是姊姊。

那是一九八九年的春天。我在廣告公司上班，加班是家常便飯，哥哥在加州唸書，剛好放假回來，姊姊沒有工作，跟一個叫做威廉的男人同居，媽媽忙著談生意，整天找不到人。過年那幾天，我們在三姨家裡聚過一次。回想起來，那時候姊姊的精神狀態已經有些恍惚了。見面的時候，她輪流抓著我和哥哥的衣袖說個不停，因為音量太小，聽不太清楚她的意思，只記得她說我們應該拍一張合照留作紀念。也許是大家都忙，也許是沒有人真正關心這件事，這個提議始終沒有付諸行動。兩年以後，姊姊自殺，這張全家福，從此少了一個人。

一九九三年夏天，我決定回德州讀博士。趁著我還沒走、哥哥從美國回來的空檔，媽媽打了通電話給我，說：

「哪天妳和哥哥有空，我們去照相館拍張全家福吧。」我口頭上答應，卻沒有認真記住這件事，哥哥也差不多，放假回到台北，要見的朋友太多，連媽媽也難得看到他，更甭提要找出一個時間聚在一起拍照了。過了三年，媽媽也過世了，那是民國八十五年五月五號的早晨。

在太平間裡，我和哥哥無言以對。靈前香煙繚繞，周圍的親友都在助唸。我看著媽媽身上覆蓋的白布，突然有一種想拿起相機按下快門的荒謬衝動。

終究是少了一張全家福。

真正的理由，也許是因為我們本來就不是一家人。

# 男人眞命苦

ㄇㄚ ㄇㄚ ˙ㄉㄜ ㄓㄤˋ ㄈㄨ

有一次，媽媽花了大把銀兩，請到一位據說奇準無比的算命先生為她批流年。他低頭研究媽媽的命盤，抬頭端詳媽媽的長相，講得口沫橫飛、頭頭是道，唯獨在談到夫妻宮的時候支吾了起來。媽媽跟他說：「沒關係，這裡都是自己人。」結果，算命先生尷尬地說媽媽命犯桃花，異性緣不斷，還說她這一生至少會結六次婚。媽媽聽完這段話，偏頭想了一會兒，低聲跟當時也在場的佩珊阿姨說：「這個錢花得眞值得。」

媽媽的第一個男人姓楊，當時她只有十五歲。阿珠阿姨說，阿媽很早就過世，阿公離家出走，丟下一窩女兒。那時候基隆的家是一棟兩層樓的木頭房子，媽媽和妹妹們擠在二樓，把樓下租給了一個姓楊的警察，全家的生活，就靠一點微薄的房租。為了讓妹妹們過得好一點，媽媽和姓楊的在一起，固定向他拿一些錢，就這麼過了幾年。後來，媽媽認識了一個叫做巴巴桑的老船員，就把姓楊的甩了，與巴巴桑同居。

巴巴桑跑船賺了不少錢，全部都交給媽媽管，媽媽的手頭漸漸寬裕了起來，除了繼續拿錢養家，也開始買些衣服、首飾和化妝品。巴巴桑過世以後，媽媽遇見了原本是世家子弟、後來淪落至市場賣布的李姓男子，兩個人同居了幾年，有了兩個孩子，就是我同母異父的哥哥和姊姊。阿珠阿姨說，媽媽把巴巴桑留下來的錢全拿給李先生做生意，但是他舊習難改，跑到北投去花天酒地，才幾天就花掉了所有的錢。後來他決心悔改，要媽媽跟他去山上養雞，重新來過，這次，是媽媽不從。印象中，媽媽不大喜歡提這段往事，只對我說過一次姊姊的個性與長相有點像她的父親，除此以外，我只知道這位李先生後來並不得意，四十幾歲的時候就自殺了。

民國四十三年，禁不起一群朋友慫恿，十八歲的媽媽決定下海伴舞。第一站是夜巴黎舞廳，後來陸續轉進華都、國際、華僑和萬國聯誼社。爸爸第一次見到媽媽就是在夜巴黎，那時媽媽叫做「翠明」。他想採取行動，但是媽媽推說她就要結婚了。隔了一陣子，兩個人重逢，爸爸花了一番心思從旁打聽，知道她還沒嫁人，但是有兩個尚未報戶口的小孩。根據爸爸的說詞，他是「站在朋友的立場，積極地鼓勵她振作起來」，所以他們「以兄妹相稱，互敬互諒」。

不過，三姨說根本就不是這麼一回事，她說兩個人被愛沖昏了頭，拋開了社會階級和經濟狀況的差異，就奮不顧身地熱戀了起來。

那段時間，爸爸的情敵還眞不少。在他寫給我的《我與翠明》裡，隨便數數，就數出了好幾位時常圍繞在媽媽身邊，爲她跑腿、搥背兼調頭寸的男性友人。蘇先生是媽媽在華都時期過往甚密的一位，媽媽對爸爸說，「此人爲人熱心」、「在金錢方面經常幫我周轉」，爸爸則嫌人家「言談低級」、「生活糜爛」。後來，媽媽到華僑舞廳上班，中興公司的梁先生、台煤公會的盧先生，也是爸爸口中「坐冷板凳時只要電話一通，五分鐘內一定準時到達捧場」的常客。儘管事隔多年，從爸爸的筆下，還是可以嗅出一股濃濃的醋意。

結婚，看起來像是爸爸的主意，媽媽推拖了好一陣子，發現有了小孩，也就不得不奉兒女之命完婚，還答應爸爸辭掉舞女的工作。那是民國五十一年三月的事情。

□

我在《我與翠明》裡，找到一紙媽媽在婚前一個禮拜親筆寫下的「結婚協議書」，這份協議書，不只洩漏了當時爸爸心底的焦慮，我猜也是媽媽歷任丈夫們共同的痛處。媽媽是這麼寫的：

為了希望彼此信任自結婚日起該遵守下列各點

一、再不与○君○○等來往

二、誠實

三、守時守信

四、夫婦行動一致

上四點如有故違經查明有據者男方提出離婚或其他要求決無異議恐口說無據特立此據為憑

右致

陳濟國收執

劉惠芬親筆

中華民國五十三年三月十三日

爸爸媽媽婚後甜蜜的日子並不多。爸爸是公務員，每個月的薪水只有三千元。結婚以後，媽媽帶著兩個妹妹和兩個孩子，一起擠進溫州街小小的宿舍裡，讓本來就不寬裕的生活變得更勉強。這些爸爸都還可以忍受，眞正的問題是媽媽玩性不改，把我生下來沒多久，又起了伴舞賺錢的念頭。這一次，她說服爸爸的方式不是連哄帶騙，而是拳打腳踢，於是，兩人很快就分手了。

在最痛苦的時候，爸爸向《中央日報》的「華曼專欄」求救。在這封刊載於民國五十三年元月二十八日的讀者投書裡，爸爸寫著：「在孩子出生前兩個禮拜，她要求和我離婚，理由是過不慣這樣苦的生活，得不到享受，可是我不肯……孩子生下來，她丟給我，照樣出外玩樂，兩個月裡，負債兩萬餘元，據說是賭博輸掉的，她說如果我能設法幫她還清債務，她就肯回家和我廝守終身。我信以爲眞，慨然答應，爲了她到處合會、借錢，可是，她回來兩天，又搬出去住了，說是要伴舞還債……她還口口聲聲說，要我忍耐，等她賺一大筆錢，我們再重新整理家園。」事隔三十幾年，手邊的剪報早已泛黃，但是在文章的結尾，我還是清楚地看見一個愛上媽媽的男人正在流淚，「我幾次想要忘了她、離開她，可是她藉著愛孩子的理由要住在一起，我要振作起來，我要活下去，我怎麼能昏昏沈沈下去呢？我心中痛苦至極。」

離開爸爸以後，媽媽認識了一個小她六歲的男人，姓齊，長得白白帥帥的，是個業務員。兩個人的戀情遭到男方家長的強烈杯葛，痛哭一場以後，約定好各自打拼三年，之後再論婚嫁。李阿姨說，那時媽媽升格做了老鴇，在新生北路租了一間房子，做起仲介小姐的買賣，每天的收入，從五千到四萬不等，在民國五十幾年的時候，可以算是一本萬利的生意。三年以後，媽媽存了一筆錢赴約，但是，姓齊的卻爽約了。三姨說媽媽回家的時候，只淡淡地說了一句：「他沒來。」姊姊卻說，媽媽帶著濃濃的酒味進門，第一次在她面前掉下眼淚。不過，不管那天發生了什麼事，第二天中午，媽媽就像沒事一樣，起床以後忙著梳妝打扮，然後就出門逛街去了。

之後幾年，和媽媽密切往來的男人也不少，我問出來的，就有一位當工程師的小徐、非常疼愛姊姊的林大哥，和當時擔任台北郵局局長的一位老先生。那時媽媽剛剛開始經營「明園」純喫茶，裝潢、冷氣、內場、外場……樣樣要花錢，因此，她和這些男人的關係也多半建築在金錢往來上。

我讀初中的時候，媽媽嫁給了一位警備總部的處長。這個人姓吳，外省人，理個小平頭，看起來有點嚴肅。爲了某種緣故（到現在我還是搞不太清楚），媽媽要我在處長面前假裝是她的乾女兒，也許是我演技太爛、時常露出馬腳，也許是那個時候的我被媽媽的「背叛」所激怒，總之，在媽媽的第二段婚姻裡，我和她見面的時候少之又少，所以對這位處長的印象不深，大部分的事情，都是從三姨和李阿姨那裡問來的。

李阿姨說，當年她原本要把處長介紹給一位也是中年喪偶的黃媽媽，媽媽聽說男方條件不錯，就吵著要跟去喝咖啡。處長一眼就看上了精心打扮、居心不良的媽媽，兩個人聊天、調笑、跳舞，完全無視他人的存在，當場把李阿姨和黃媽媽氣個半死。處長是個大官，續弦必須要核報上級，上級對媽媽的出身很有意見，三番兩次地警告處長，說這段婚姻可能會毀了他的仕途。處長被愛情沖昏了頭，還是用祖先的珠寶換了一顆五克拉的鑽戒，添購了滿屋子原裝進口的檜木傢具，在台北、高雄兩地分別擺了一百多桌酒席，把媽媽風風光光地娶進門。

娶了媽媽的男人，除了任憑擺佈，好像別無他途。婚後，外公就開始不停地向女婿伸手要錢，媽媽愛面子，逼著處長想辦法，爲此，他賣掉了兩棟房子。處長的孩子對媽媽也很不滿，本來以爲見過世面的媽媽會是個能幹的家庭主婦，沒想到她每天睡到中午才起床，不但不做飯、不洗衣、不拖地，還出去玩到三更半夜才回來。勉強熬了幾年以後，在南部上班的處長聽說媽媽有了別人，怒不可抑地回到台北，差一點搞到要和媽媽同歸於盡。親友死勸活勸，最後終於還是以一紙離婚證書收場。李阿姨說，處長在最失意的時候，也曾經找她興師問罪。她跟處長講：「你找我有什麼用？你自己娶她的啊。她本來就是個第一流的情婦，最差勁的老婆。」

處長之後，在媽媽不得意的那幾年，李阿姨幫她想了一個徵婚的點子。方法很簡單，就是在報上刊登廣告，然後在李阿姨家裡加裝一支專線電話，如果打電話來的男士聽起來條件不錯，媽媽就約人家出去喝咖啡。爲了錯開依約前來相親的男士，媽媽和李阿姨喝遍了中山北路沿線的咖啡店，最高記錄是一天十杯。

經由相親，媽媽認識了一個綽號叫做「哈ㄇㄟ二齒」的賣中古車的男人，他和媽媽要好，所以給了媽媽不少錢，還差一點就要結婚。但是，終究還是分手了，原因是他覺得他養不起媽媽。像「哈ㄇㄟ二齒」這樣迷戀媽媽的男人很多，有他這種自知之明的卻很少。

老爹是媽媽的第三任丈夫，也是外省人，公務員，頭頂微禿，有幾個已經成年的小孩。這時我已經上了高中，媽媽也四十好幾了。他們在安和路買了一個大房子，把原本放在三姨家的哥哥、姊姊接來一起住，還養了好幾隻狗。我偶爾會去拜訪他們，分享一點天倫之樂。坦白說，老爹對媽媽一大家子非常好，不像一家之主，倒像是一個忠心耿耿的管家。他每天從早忙到晚，遛狗、煮飯、洗衣、掃地、拖地、應門（通常是替媽媽擋債主）一手包辦。那段時間，媽媽一心想發財，所以常常不在家，而哥哥姊姊的脾氣又很壞，經常對老爹大吼大叫。他們的婚姻勉強維繫了一段時間，後來老爹實在受不了這種鞠躬哈腰的生活，一氣之下，辦了退休，領了錢，一毛也不給媽媽，拿回大陸養老去了。

媽媽後來沒有再結婚，但是身邊還是不乏追求者。這些男人有一些共同點，都是外省籍、任公職、斯文嚴肅，我猜想媽媽對這種類型的男人特別有吸引力，但是卻沒有一點點天長地久的誠意或能力。媽媽過世以後，靈堂前來了一個七十幾歲的男子，背微駝、髮稀疏，踱著方步來到我們面前說了幾句安慰的話。哥哥告訴我那是媽媽的眾多債主之一，陸陸續續借給了媽媽好幾百萬，我看著他，彷彿也看見了爸爸、處長與老爹的身影，在媽媽的生命裡，漸行漸遠。

媽媽過世以後，我去戶政事務所申請相關文件，在媽媽的配偶欄裡，意外地找到了處長與老爹的名字，至於我爸爸，早就被擠到配偶欄之外。當我告訴爸爸這件事，他只是笑笑，說這一生與媽媽的牽扯，終於得以告一段落。

# 天國之驛

ㄨㄣˊ ㄐㄩㄣ ㄐㄧㄝˇ ˙ㄐㄧㄝ

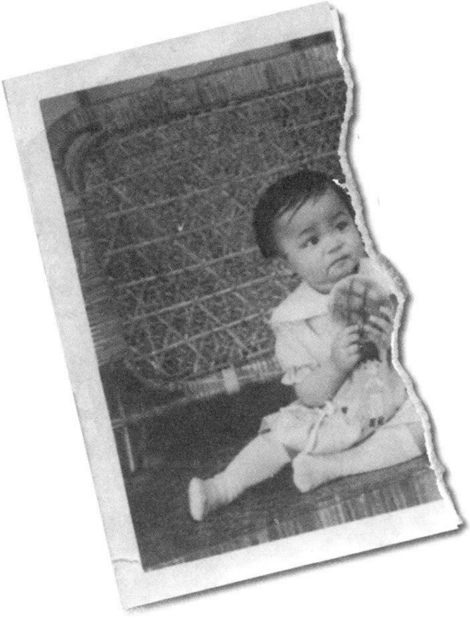

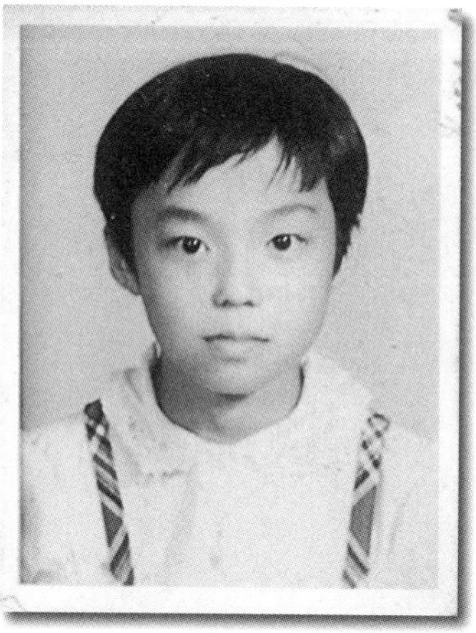

我有一個同母異父的姊姊。最初跟著我爸爸姓陳，後來改跟我媽媽姓劉。她的第一個名字叫作「文君」，二十八歲那年，聽從算命先生的建議改名「妍希」。一九九二年夏天跳樓自殺，與這個世界的緣份只有三十二年。

想到姊姊，浮現在我腦海裡的第一個字眼就是「剛烈」。爸爸再婚的時候，我只有三、四歲，媽媽把我要了回去，暫時和哥哥姊姊一起寄養在二姨家裡。有一次，二姨罰我不准吃飯，舉著椅子跪在浴缸裡，到了晚上，姊姊偷偷帶了一個饅頭給我，在旁邊陪著怕黑的我說話，二姨發現了怒不可抑，罰她和我一起跪一整夜。我記得那夜我哭個不停，可是姊姊只是沈默地跪著，除了倔強，臉上什麼表情也沒有。從那天開始，她就是我心目中的英雄。

小學三年級那年，回三姨家吃年夜飯，因爲媽媽又遲到了，我們兄妹三人就待在房間裡，邊玩邊等開飯。唱完一段歌仔戲，姊姊提議學媽媽抽菸。我們把報紙捲成香菸狀，用打火機點燃，湊在嘴邊假裝在呑雲吐霧，結果引起了一場小小的火災，最不幸的是，第一個發現的是壞脾氣的二姨，她舉起棍子，要我們大聲地說「我再也不敢了」。我和哥哥很識相，棍子還沒近身，一連串求饒的話就已出口，但是姊姊硬是一聲不吭、站在那裡挨打，二姨打煩了，也拿起報紙捲菸、點火，對姊姊說：「如果妳不認錯，我就拿火燙妳。」姊姊還是不肯開口，二姨眞的用點燃的報紙在她臉上燙了好幾處，直到三姨跑來，二姨才氣沖沖地走掉。

因爲媽媽沒有時間帶小孩，除了在二姨那裡住過短短一陣子，哥哥姊姊的童年幾乎全部在三姨家，和她的四個小孩一起度過。哥哥是媽媽的獨子、劉家的長孫，全家人都特別寵他，所以從來就是一副茶來張口、飯來伸手的德行。姊姊不一樣，從上小學開始，就要幫忙三姨煮飯、帶小孩、做家事。我回三姨家玩，常看見她一邊推搖籃、一邊翻課本，一派乖巧懂事、認眞上進的模樣。她對我很好，常常帶著我到處走走，買東西給我吃。和姊姊一起走路的時候，我不會牽她的手，但是很喜歡把頭靠在她的肩膀上，她總是說：「文玲，妳不要那麼肉麻好不好？」姊姊教我把浴巾披在身上，假扮黃梅調和歌仔戲裡的男女主角，她還教我怎麼用錄音機錄下我們的聲音。我們最喜歡的把戲，就是躺在媽媽的大床上，由我裝成廣播節目主持人，訪問她這個「轟動武林、驚動萬教」的玉女歌星。說到沒話可說，我們就輪流把當時的流行歌曲唱了一遍又一遍。

□

小時候的我很喜歡姊姊，每次去三姨家都一直偷看手錶，小心仔細地數著還有幾個小時可以和姊姊在一起，隨著時間過去，我的心情會越來越低落。晚上爸爸來接我回家，我常常哭著不肯走，大人都以爲是因爲沒等到媽媽，其實眞正的理由是捨不得離開姊姊。有一次我在家裡跟爸爸鬧情緒，他罵也沒用、嚇也沒用、好話說盡也沒用，只好打電話約姊姊出來陪我看電影，聽說她答應了，我的壞脾氣全沒了，乖乖去洗澡、換衣服，準備出門。對於小時候的我來說，姊姊不只是姊姊，也是媽媽。

上了北安國中，姊姊就變了一個模樣。頭髮開始打薄、裙子越穿越短，當然，也越來越討厭被我黏著。只有在兩種特別的情況下，她才願意和我說話。第一種情況是請我幫她畫圖、做勞作，第二種情況是回答我關於「玫瑰幫」的種種疑問。姊姊說她們的「玫瑰幫」一共有十二個女生，又叫做「十二金釵」，常常在一起玩樂，還與鄰近某所男校的幫派有結拜的關係，出去玩的時候，都是那群男生買單。姊姊也教過我一些江湖用語，像是「凱子」、「馬子」、「哈草」、「撇輪」和「條子」之類的，她還偷偷對我說，友幫的老大把她當作女朋友，但是她心裡比較喜歡一個在天母一帶結識的美日混血兒。爲了討姊姊喜歡，我也開始偷偷地抽煙、喝酒、跳舞，在西門町附近耍太妹，不過，姊姊還是不怎麼理會我。

失望之餘，我回頭走我的讀書路，沒想到姊姊反而因此變得比較友善。考上北一女的那個暑假，她和一群朋友帶我去國賓飯店跳茶舞，說是讓我開開眼界，爲了怕我坐冷板凳，還特別規定她的男朋友每首歌都要邀我。跳完舞，她帶我去買了一套那時最流行的 Bang Bang 牛仔裝，說是爲了慶祝我考上第一志願。我們選了一家西餐廳，姊姊點了兩杯綠色的、美美的薄荷酒，她一邊喝酒、一邊老氣橫秋的對我說：「文玲，妳一定要好好唸書，不要像我這樣到處混。」我則一邊打噴嚏（對薄荷過敏的緣故）、一邊看手錶。十五歲的我，和十歲的我沒什麼差別，只想和姊姊不停不停地在一起。對於她的不快樂，我一點也沒有感覺。

回想起來，姊姊一生中最快樂的時候，應該是媽媽把兒女接去安和路同住的那幾年吧。兩年多以前，我回媽媽的住處東翻西翻，在衣櫃裡找出一疊媽媽和老爹一起爲姊姊過生日的照片。照片裡，慈愛的父母圍擁著美麗的女兒，看起來，就像是三個幸福人。可是，姊姊的不快樂，也因媽媽而起。她們兩個從來就處不好。媽媽生前常對我說，她不是不愛姊姊，可是不知道兩個人哪裡不對頭，一見面就吵架，彷彿前世誰欠了誰錢似的。姊姊則說媽媽總是偏心哥哥，對她要不就挑三揀四、要不就不理不睬。她們之間究竟發生什麼事，我知道的不多，是在媽媽過世以後，才陸續從親戚朋友那裡問出一點端倪。

大家都說媽媽偏心。阿玉說，媽媽手頭緊的時候，脾氣就跟著上來，家裡面每個人都得提心吊膽地過日子，不怕媽媽的，只有哥哥和姊姊。哥哥仗著媽媽寵他，天不怕、地不怕，要錢的時候，只要伸手，媽媽一定會想辦法弄給他。姊姊受到的待遇就不一樣，看不慣，說兩句，就會被媽媽痛罵，偏偏她又喜歡頂嘴，媽媽氣瘋了，常常拿起衣架就亂打一通。李阿姨跟我說，姊姊常把「我是三姨帶大的」這句話掛在嘴邊，媽媽聽了心裡也很不痛快，這個心結，一直到姊姊過世都沒有打開。

她們之間的衝突，在姊姊上了文德女中以後變得更加嚴重。媽媽不斷接到學校打來的電話，缺考和缺課還是小事，比較嚴重的，是嗑藥的問題。多年以後，我聽爸爸說，姊姊在那段時間裡幾度進出勒戒所，媽媽還爲此去附近的藥房找老闆打過架，怪他們不應該賣「紅中」、「白板」給學生。爲了緩和姊姊對自己的敵意，媽媽買了一些昂貴的首飾給她，又送她去歐洲旅行，可是姊姊的狀況還是時好時壞。

姊姊高二的時候，她的生父自殺了，這件事媽媽知道，還去參加了他的公祭，卻沒有告訴兩個小孩。姊姊不知道從哪裡聽說，跟媽媽大吵一架，又開始吃迷幻藥。媽媽生她的氣，把她關在家裡半年不給出門。最嚴重的一次，是媽媽發現姊姊偷偷嗑藥，氣得不得了，把她拉到一群「小姐」面前，脫光她的衣服，用非常難聽的話罵她，還拿著菜刀說要砍死她，姊姊羞憤難當，當天晚上就在哥哥的房間裡割腕自殺。阿玉跟我說，姊姊心裡很委屈，爲了怕弄髒哥哥的地毯，還用一個垃圾桶接流出來的血。雖然救了回來，姊姊變得更加悶悶不樂。

這些事情發生的時候，沒有人想到要知會我，彷彿我和這個家庭沒有一點關連似的。不過，我確實記得姊姊開始帶一只鐲子，好幾年以後，她才偶爾肯把鐲子拿下來，我不敢多看，只隱約窺見左手腕一小段淺色的疤痕。最後，姊姊離開了媽媽，搬去和大她好幾歲的男朋友威廉同居。

□

哥哥是姊姊心裡另外一個打不開的結。從小，姊姊就說她在這個世界上只有媽媽和哥哥兩個親人，我聽了難免有點不是滋味。哥哥姊姊的感情本來很好，雖然媽媽偏心兒子，姊姊只是怪媽媽，不會把氣出在哥哥身上。不僅如此，姊姊也一直把哥哥當作兒子一樣地呵護寵溺。哥哥的零用錢比姊姊多，但是她還是常常掏腰包幫他買衣服、襪子、鞋子。不過，哥哥對姊姊嗑藥這件事很不高興，吵過幾次架，之後就不太理會她。姊姊搬出去住以後，每次哥哥從美國放假回來，姊姊就會爲他燉一鍋雞湯，怕媽媽生氣，自己不敢回家，只好拜託阿玉坐計程車幫她帶回家給哥哥。阿玉跟我說，她平時也很忙，但是實在禁不起姊姊在電話裡一再哀求，最後總是答應幫她跑腿，只是媽媽和哥哥的反應都很冷淡。這個部分，她從來不敢據實告訴姊姊。

我不清楚離家以後的姊姊靠什麼方式養活自己，我知道她曾經做過一段時間的模特兒，也曾經到日本和香港跑單幫。一九八八年冬天，我從美國回來找工作，她打了一通電話給我，邀我去她住的地方玩玩。當時她在敦化北路麥當勞後面租了一間小套房，房間不大，卻擺滿了好東西。姊姊不厭其煩地一一解釋給我聽——這是義大利的皮衣、這是日本的床單、這是卡地亞的手錶、這是第凡內的珠寶……她拉開抽屜給我看，裡面有厚厚一疊空白的信用卡。她說，威廉靠著這些假信用卡賺了不少錢，但是也曾經因此在日本被捕入獄。爲了把他救回來，姊姊還千里迢迢地趕去日本出庭作證。我問姊姊她和媽媽處的怎麼樣，姊姊說她們會通通電話，媽媽偶爾會向她調個頭寸，也偶爾會拿些好東西、或者買些珠寶給她。姊姊說她正在學英文和服裝設計，存夠了錢，

就要去義大利唸書。離開的時候，她跟著我一起下樓，去附近的錄影帶店拿了幾捲日本連續劇，並且大力推薦我看《天國之驛》。也許是我太瞭解姊姊好強的個性，總覺得她過得並不像她對我描述的那麼稱心如意。那天，我幫她拍了一些照片，照片裡的她，很美，很堅決，很逞強。

姊姊的漂亮是有目共睹的。從初中開始，就不斷地被星探在餐廳裡相中，邀她唱歌、跳舞、演戲。爲了一圓明星夢，她也做了不少努力。我在媽媽的遺物裡找到華視訓練中心寄給姊姊的複試通知，和姊姊與香港電影公司簽下的演員合約。前陣子，《凡人啓示錄》播了一集追星族的故事，裡面有一個來自南部的純樸女孩，爲了夢想成名、成功、賺大錢，提著幾套衣服與化妝箱，在攝影棚與攝影棚之間慌亂地尋找方向。節目近尾聲的時候，女孩泣不成聲地說：「我想回家。」她的眼淚和她的故事不斷地讓我想起姊姊。我總覺得在她倔強、蠻不在乎的表情後面，從來就有一個用小小聲音喊著「我想回家」的小女孩。可惜，哥哥沒有聽見，媽媽也沒有聽見。

□

一九九一年春天，我在政大上課上到一半，助教走進來跟我說我姊姊跳樓了。我狂奔至她的住處，發現她人還好，只是意識不清地躺在床上。大樓管理員說姊姊整個下午在樓頂走來走去，口中唸唸有詞，像是要自殺的樣子，所以他打了一通電話給管區，幾個人上樓合力把姊姊抱了下來。起先也不知道該通知誰，後來在記事本上找到了我的名字和電話。和姊姊一起長大的朋友小容也趕來了，她說姊姊從小就有癲癇的毛病，這幾年越來越嚴重，醫生說是精神分裂，雖然有吃藥，但是情況並不穩定，今天這樣，可能就是因爲她忘了吃藥的緣故。人群散去以後，威廉還沒回來，我坐在姊姊床邊和她說話，她不大認得我，只是重複地說：「窗外有人在叫我，妳聽到了嗎？噓……別吵。窗外有人在叫我，妳聽到了嗎？」我提到在美國唸書的哥哥，她似乎清醒了一點，我說：「我們去美國看哥哥，好不好？」她說：「好啊。可是去找哥哥幹嘛呢？」「找哥哥玩啊，去休息一陣子。」「好啊。什麼時候呢？」是啊，什麼時候呢？那個下午，我對姊姊做了一個始終沒有能夠實現的承諾。

姊姊的狀況好一點以後，回到三姨家休養了一段日子。表妹說姊姊其實很希望媽媽來看她，但是媽媽從未出現。後來姊姊又堅持搬出去住。這次，她在國泰醫院後面租了一間房子，也就是她用跳樓來結束自己生命的地方。那時候的姊姊身心狀況都很糟糕。去年約李阿姨喝咖啡的時候我才知道，年紀輕輕的姊姊，在過世以前，已經洗腎洗了好幾年。

姊姊的死沒有什麼預警。威廉說，那天傍晚，她看起來很正常。他們一起吃了晚飯，離開前，他還叮囑她一定要記得吃藥。九點多一點，姊姊反鎖了房門，就從窗口跳下去，撞壞了一部車子，沒有留下任何遺言。第二天清晨，爸爸接到一通電話，與電話那頭的人談了好久，我隱約聽見爸爸說：「好吧，那就告訴她吧。」我接過話筒，是媽媽，當時就有種不祥的感覺。我開車趕到國泰醫院，看見躺在太平間裡的姊姊的遺體，沒有哭、也沒有勇氣觸碰她的身體，腦袋裡亂成一團。當天的報紙有一則關於姊姊自殺的消息稿，標題是「何苦自殘生命，人生徒留空白！」兩句標題，兩百五十字的內文，說完了姊姊與世界失和的一生。

接下來的日子，充滿了悲傷和耳語。每隔七天，我們到內湖的圓覺寺請法師爲姊姊唸經，也在山上聽大家你一句、我一句地揣測姊姊自殺的理由。有人覺得是姊姊倔強的性格害了她，有人說是威廉變心、讓姊姊活不下去了，但是沒有一個人敢在媽媽面前提起她們之間的心結。媽媽跟威廉要了一筆錢辦喪事，她說一定要讓姊姊走得風風光光的。姊姊生前最喜歡玉，媽媽一口氣買了價值幾十萬的玉，準備和姊姊生前常穿的衣服、常用的配飾一起火化。那年夏天特別燠熱，姊姊的死像是

北市連傳跳樓自殺事件

何苦自殘生命 人生徒留空白！

課業壓力過重？師大附中學生汪友舜 留下遺書令人痛惜

患有精神分裂！女子劉妍希頂樓躍下 曾有自殺獲救紀錄

【記者李錦青台北報導】北市大安區一夜之間發生兩起跳樓自殺案件，先是患有精神分裂症的女子劉妍希，自仁愛路四段的五層公寓頂樓躍下斃命，清晨時分，就讀師大附中二年級的學生汪友舜，疑因課業壓力過重，在書桌上留下一紙「對不起大家」的遺書後，由成功國宅十八層頂樓躍下輕生，令附近居民痛惜不已。

前日深夜十時許，市警大安分局據報仁愛路四段三百巷內國泰醫院旁一棟五層公寓頂樓，有一女子跳樓自殺。警方初步調查，該自殺女子是罹患精神分裂症的劉妍希。劉女自頂樓躍下時，先墜擊在路旁小轎車的引擎蓋上，再摔落地面死亡。

由於劉女曾有自殺獲救的紀錄，她的家人對此一自殺事件雖然悲傷不已，但並不覺得意外。警方在初步製作筆錄時、報請台北地檢署檢察官、法醫等，前來相驗。

不料，昨天清晨七時許，市警大安分局又接獲師大附中二年級學生汪友舜跳樓自殺的消息。警方發現，汪友舜可能在凌晨四、五時左右，即從住處成功國宅的頂樓跳下斃命，直到清晨，才被鄰人和準備叫醒汪某上學的母親發現，報請警方處理。

警方調查，即將在暑假後升上三年級的汪友舜

千斤重擔，讓每個人都沈重得喘不過氣來，唯獨媽媽指揮若定。所有的瑣事，都由她親自出面與葬儀社的人安排協調，從誦經、祭拜、大殮到出殯，沒有遺漏任何細節，也不曾出過一次差錯。可是，在哥哥把姊姊的遺體送進焚化爐的那一瞬間，媽媽整個人靠著門邊，放聲大哭了起來，不管我們怎麼勸、怎麼扶都沒有用。那是我這一輩子第一次、也是最後一次看見媽媽的眼淚。

□

心底深處，我對姊姊始終懷著一份虧欠。小時候，爸爸媽媽計畫帶我們三兄妹去日月潭旅行。姊姊聽了高高興興地收拾行李，哥哥卻說他寧可用旅行來換一個玩具望遠鏡。我呢，則陷入了兩難的局面：如果去旅行，可以和姊姊玩，還可以見到爸爸；如果買望遠鏡，就可以帶著嶄新的玩具神氣地走來走去。最後我決定加入哥哥這一國，放棄了旅行的機會。沒想到玩具買回來以後，我一下子就玩膩了，於是我厚著臉皮、又哭又鬧地求媽媽帶我去日月潭，沒想到媽媽一點也不理我。我又羞又憤，又氣姊姊做了一個聰明的選擇，決定找姊姊出氣。就在三姨家附近的鐵道旁邊，我跟她說：

「去旅行有什麼了不起，妳和哥哥都不是爸爸親生的。」話一出口，我就後悔了，因爲她掉頭就往家裡跑，說要去問三姨這是不是眞的。我在後面一邊追趕，一直叫著：「姊姊，我是騙妳的！我是騙妳的！」我不知道後來發生了什麼事情，我猜想三姨應該說了一些安慰她的話，不至於和盤托出事情的眞相，但是，以姊姊那種敏感的個性來推想，我想，我的氣話，殘酷地結束了她的童年。

□

長大以後，我和姊姊越來越陌生。大學畢業、出國以前，我去媽媽家裡小坐，

難得姊姊在家，還跟我聊了一會兒天。不知道哪裡來的勇氣，我把從小對她的愛慕、依戀、崇拜、忌妒細細說了一遍。聽我說完，姊姊一臉錯愕，從此變得比較主動。在美國讀碩士的兩個聖誕節，我都收到她代媽媽和哥哥寄給我的卡片。可是對我來說，那天的交心，已經不是爲了拉近姊妹的距離，反而比較像是一場告別式——宣告我正式離家出走。我告訴自己，那個家，從來就沒有我的位置。

姊姊跳樓前沒幾天，曾經在她最後的住所撥了一通電話給我，當時我不在家，她在答錄機裡留下了她的電話號碼，說：「文玲，好久不見，有空來看看我的新家吧。」我聽了留言，抄下號碼，回電時卻發現是空號。三十歲的我，正爲了工作和感情兩頭煎熬，就把和姊姊連絡的這件事擱了下來。她過世以後，我才發現匆忙中我抄錯了一個號碼。這件荒唐事在我心裡痛了好多年。一次擦肩，竟然就永遠錯過。

姐姐從小就悲觀，常常說人生不美，不要活過三十。她死的時候，剛過三十歲沒幾年。我今年三十八歲，活到比姊姊還老，有一種荒謬虛空的感覺，但是，也正因爲我走過了姊姊不曾走過的年歲，我越來越心懷感謝、珍惜生命多樣善變的面容。

因爲有這樣一個特別的姊姊，在我的教書生涯裡，讓我最花心思的，不是那些聰明伶俐、好學上進的學生，而是每年都會撿到的一、兩個和姊姊一樣敏感脆弱的心靈和這樣的學生談話，我的耳邊總會響起一首小時候姊姊常放給我聽的老歌："Do You Know Where're You Going To?"，這首歌曾經陪著我和姊姊走過年少時的青澀苦悶，也終將陪著我的學生走過他們人生中最坎坷崎嶇的段落。

Do you know where you're going to?
Do you like the way that life is showing you?
Where are you going to?
Do you know?
Do you get what you're hoping for?
When you look behind you there's no open doors

What are you hoping for?
Do you know?

Now looking back at all we planned
We let so many dreams just slip through our hands
Why must we wait so long before we see
How sad the answers to those questions can be

Do you know where you're going to?
Do you like the way that life is showing you?
Where are you going to?
Do you know?

還有，姊姊跳樓的那夜，我在朋友家看宮崎駿的卡通，自此以後，就不再看他的電影了。

# 兒子們（一）

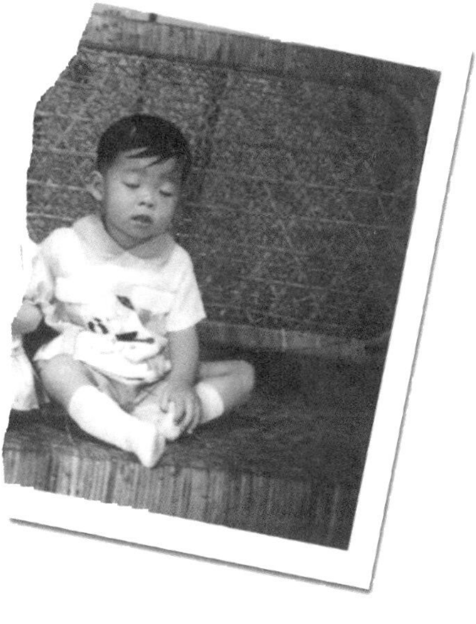

哥哥是媽媽的獨子，劉家的長孫，從小就被眾人捧在手心裡長大。逢年過節，他會被推到最前排，代表整個家族祭拜祖先。吃年夜飯的時候，他總是拿到第一隻雞腿，通常是阿公特別夾給他的。當一堆小孩哭成一團，他也許會被斥喝兩句，但是，媽媽和阿姨立刻就會出來打圓場，跟大家解釋：「男孩子好動是應該的啦。」這些點點滴滴關於哥哥的記憶，是我生命中最初對於男性優勢的認知。

除了小時候有一段時間一起住在二姨和三姨家裡，我和哥哥的人生幾乎沒有交集。

□

我記得他小時候很頑皮，像個停不下來的破壞狂，但是沒有人會對他說一句重話，更別提動手管教了。就連寄養在二姨家的那段恐怖歲月裡，罰跪、挨打、挨餓的也只有我和姊姊。二姨最常說：「大的不用罰，小的從小打。」後來媽媽發現我們渾身是傷，就把三個小孩帶回三姨家住。三姨人很好，但是阿公很兇，他爲家裡的小孩子訂下一些嚴格的家規，像是幾點鐘一定要睡覺、多少時間必須把飯吃完這一類的，沒做到就要接受處罰。因爲擔心吃飯超過時間，我們只好埋頭吞飯，根本不敢吃菜。姊姊教我一個祕訣——用筷子把一碗飯分成四塊、再對切分為八塊，一口一塊，就可以很快的把飯吃完了。不過，這種事對於好動的小孩子來說還是很困難，所以罰跪也就成為家常便飯，唯獨跪的還是我和姊姊，哥哥從來就有豁免權。

再大一點點，他和所有的哥哥一樣，很怕和女生攪和在一起。除了偶爾捉弄我們，多半都離我們遠遠的。我讀小學的時候，回家和爸爸住在一起。有一次，媽媽約爸爸在咖啡廳談事情，我和哥哥都跟了去，因為大人講話實在太無聊，哥哥就說要帶我出去玩。我們走到附近的巷子裡，看見一個賣香腸的小販，哥哥掏出一把錢，教我擲骰子、打香腸，還教我大聲的吆喝「希巴啦」。回到咖啡廳，兩個人掩不住一身的燒烤味，因而被媽媽識破，說了一頓。但是，那個愉快的下午給了我三個啓示：第一，打香腸有益身心，日後成為我的重要課後娛樂之一。第二，媽媽很有錢，沒事應該多向她要點零用錢。第三，有個哥哥，其實還不錯。

哥哥大我四歲。當我上初中的時候，正值他的叛逆期，久久一次的家族聚會，他越來越不愛參加，所以除了過年回三姨家吃年夜飯，我難得見到他一面。我去安和路找媽媽，通常也只有老爹和媽媽會招呼我，很少看見哥哥姊姊出房門。每天中午，老爹煮好了飯，會敲哥哥姊姊的門叫他們起床，好幾次，我聽見哥哥房間裡傳出一、兩聲不耐煩的咒罵。如果老爹嘴裡嘟噥著，媽媽就會說：「阿祥是個夜貓子，你就隨他去吧。」我曾經趁哥哥不在的時候，偷偷跑到他的房間裡東張西望。裡面很暗，有一張床，一張書桌，散落一地的衣物和整面牆壁的書。

□

媽媽疼兒子，從來就不是祕密。哥哥還在唸世新的時候，女朋友去義大利讀書。拗不過哥哥的哀求，媽媽湊了一筆錢，把哥哥姊姊送去歐洲玩了一趟。媽媽舉家搬去安和路的第三年，新生北路的應召站剛剛被抓，媽媽的心情奇差，脾氣特大，每個人都得輪流當她的出氣筒，唯一不受波及的就是哥哥。哥哥上成功嶺的時候，性喜爽約的媽媽一反常態，牢牢記住每一個探親日，提著大包小包哥哥愛吃的東西，拖著老爹與姊姊一起去看他。

和我聊過媽媽的人幾乎都提過她的重男輕女。阿玉就說：「伊喔，女兒隨便啦，兒子要什麼就有什麼。」我和媽媽的關係比較疏遠，對於她的偏心，我不像姊姊反應那麼激烈，不過，還是有幾件印象深刻的往事。哥哥在美國唸書前後十年，媽媽每年都爲他準備至少五、六萬美金的生活費，相較於我一個月八百元的助教薪水，這筆金額，簡直就是天文數字。還有，就是關於接機的差別待遇了。

有段時間，我和哥哥都在美國讀書，據說哥哥一年要回來好幾次，媽媽每次必定到中正機場接送，而我呢，差不多兩、三年才回來一次，卻從來不曾在機場看過她。一九九三年夏天，我準備回德州唸博士，媽媽說這非送不可，結果還是臨時打了一通電話說有事。還有一次，我回台北整整一個月，卻怎麼也約不到媽媽。後來，我想到一個讓她無從推托的方法，就是自告奮勇和她一起去機場接哥哥。那天晚上，媽媽高興得不得了，早早從家裡出發。到了機場，接到哥哥，直奔媽媽最喜歡的「青葉餐廳」吃宵夜、爲他接風。吃飽、喝足了，送哥哥和朋友到某間男子三溫暖，把賓士車留給他們，媽媽這才自己叫了一輛計程車回內湖的家。在美國的時候，我和媽媽偶爾會通個越洋電話，每次她都向我打聽哥哥的感情生活。她擔心他沒有女朋友，又不敢直接問他。我總是安慰媽媽，說兒孫自有兒孫福。沒想到，哥哥的羅曼史，竟然是我和媽媽最後幾年講電話的主要話題。

儘管周圍的人寵溺有加，哥哥卻長成一個溫和善良的人。我考高中的時候，他突然跑來考場找我，說是代表媽媽陪考。出國念博士那次，媽媽放我鴿子，哥哥說，沒問題，他送我，就開著車子載我到機場。還有，每次看見有人受苦，哥哥就會傾其所有去幫助人家，媽媽喜歡他這種打抱不平的個性，總也順著他的心意，給了他許多錢。我們在圓覺寺爲姊姊誦經的那個夏天，哥哥看見法師們的經書被電扇吹得亂翻，就請他的朋友去重慶南路一家老書店買五個用檀香木雕成的紙鎭，一個紙鎭，就要好幾千元。那時候媽媽的財務狀況並不好，但是見他在興頭上，也就隨他去了。阿珠阿姨說，媽媽借錢都不給哥哥知道，總是對哥哥說：「你只要好好讀書，其他什麼都不用管。」他的善良，雖然是他的優點，卻也是媽媽肩頭沈重的負擔。

□

姊姊過世以後，哥哥對我越來越好，看見好書，就買下來寄給我，想到什麼事，就打電話到德州來跟我聊聊。電話裡的他，是個嚴肅、認眞、關心社會，而且很有自己見解的人。他在加州大學讀傳播，對公共電視和傳播社會學這兩個課題特別有興趣。談起我所主修的廣告，則流露出一副不以爲然的表情。和他說話，我覺得有點吃力，似乎自己書看得沒他多，想法沒他深刻。奉媽媽之命，和哥哥聊天的時候，我也會打探一下他的感情生活。換做從前，他才不會跟妹妹說這些事。但是在美國那幾年，他的坦白頗讓我驚訝。儘管哥哥花了些心思拉近我們之間的距離，每次見面，兩個人還是有些尷尬。姊姊生前，他直呼她的名字「文君」，對我，他就叫「文玲妹妹」，爲了禮尙往來，我也稱他「阿祥哥哥」。聽過我這樣叫他的朋友，都說我們兄妹的關係很奇怪。

媽媽過世，留下不少財產和債務。哥哥爲了從母姓，從小就過繼給另外一戶劉姓人家，使得我意外地成爲唯一的法定繼承人。我還搞不太清楚狀況，媽媽那邊的親友就跑來一再囑咐我要好好替哥哥處理，無論如何，要讓哥哥的生活沒有後顧之憂。那時候我在美國認識了一些朋友，初初開始接觸女性主義，他們這種女人必須事事配合、遷就、保護男人的心態讓我大爲光火。因爲生氣，就順帶想起：當我們還在醫院裡守著媽媽的時候，親戚朋友總是環繞著哥哥噓寒問暖，問他有沒有錢花；對於我如何籌錢回台灣、現在怎麼過日子，則一句也沒提，二姨甚至還問我有沒有辦法借一點錢給哥哥用。氣歸氣，最後我還是屈服了，出面辦好限定繼承，過了三年與建設公司、國稅局、律師事務所與眾多債主牽扯不清的痛苦生活。好幾次，我被債主吵得受不了，問自己幹嘛要找這個麻煩，但是想到哥哥是媽媽和姊姊一生心之所繫，覺得應該爲她們做一點事情，也就釋懷了。

印象中，哥哥總是一派樂觀，什麼事情都是天不怕、地不怕的模樣。爲了寫這本書，我也和他聊過幾次。談起小時候的事情，他幾乎一點也不記得了。起初我以爲他想保護媽

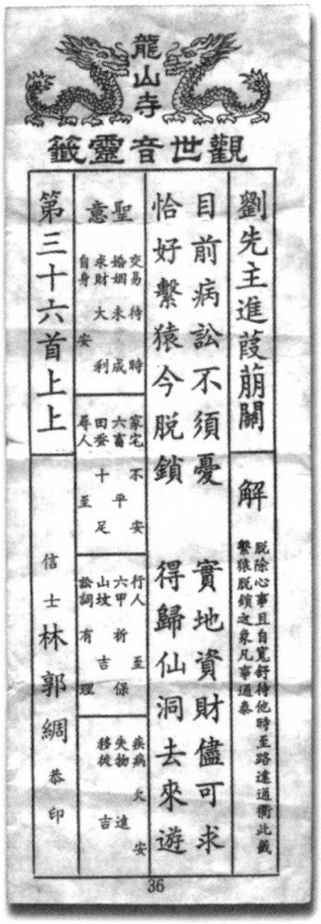

媽，所以故意不跟我說，後來我發現他眞的沒有瞞我。我想，哥哥的命不錯，那些悲歡離合的往事竟然沒有在他生命裡留下什麼烙印。唯獨有一次說起姊姊，他的眼眶紅了起來，從來沒有看過哥哥難過模樣的我，就這麼失去了再往下追問的心情。

媽媽過世前一天，我和哥哥在醫院裡悶得發慌，就去萬華的龍山寺燒香拜拜，還求了一個籤。雖然是一支上上籤，題目卻是「劉先主進蘧蓬關」，籤文則說：「目前病訟不須憂，實地資財儘可求，恰好繫猿今脫鎖，得歸仙洞去來遊。」看完以後，兩個人神色黯然了許久，哥哥突然聳聳肩、輕描淡寫地對我說：「沒關係，文玲妹妹，也許事情還會有轉機呢。」我望著他那張天眞無邪的臉，只有苦笑著點頭。幾年前姊姊過世，眼看著媽媽也要走了，在人世間頓然失去了所有依靠的那種心情，必然是十分落寞的吧。

# 兒子們（二）

媽媽住在安和路的時候，我偶爾會去那裡混一混。有個中午，我在客廳裡看電視，媽媽在我旁邊大呼小叫：「寶貝兒子，來喔，來喔，來媽媽這裡。」說時遲、那時快，房間的門和廚房的門同時被推開，一邊是還沒睡醒的哥哥莫名其妙地站在門口，一邊是媽媽的鬆獅狗奇奇飛奔而來。媽媽拿起一個塑膠盆子，謎底揭曉，奇奇才是媽媽眞正召喚的對象。媽媽總是說她有兩個兒子，一個是哥哥，一個是她的狗。

最早提議要養狗的是哥哥，據說是小時候《靈犬萊西》看多了的緣故。牧羊犬沒養成，養了一隻系出名門、血統純正的鬆獅狗奇奇。奇奇進門以後，哥哥姊姊的關愛很快就退燒了，一會兒嫌牠亂滴口水，一會兒嫌牠亂飄狗毛，一會兒又怪牠把沙發、桌腳都咬壞了，沒多久，照顧狗的重責大任就順理成章地轉給了任勞任怨的老爹。想不到的是，奇奇的出現卻培養出媽媽對狗的濃情密意。阿玉說，有一陣子，媽媽窮得連飯錢都要向別人借，還是餐餐爲奇奇準備上好的牛肉、鮪魚、牛奶和蛋黃。媽媽這一生，對狗寶寶一直有一份深厚的感情。

奇奇活到十幾歲，死的時候，媽媽非常難過。後來她又陸陸續續養了好幾隻狗，其中一隻叫做JUMBO的大麥町是媽媽的最愛。JUMBO個頭大，超級過動，是個典型的人來瘋，不管看見誰都要飛撲上去、亂舔一通。我去媽媽那裡作客的時候，礙於主人在場，總是隱忍不發，但是哥哥姊姊就顯得沒有耐心多了，他們不但不准狗進他們的房間，還要求媽媽把JUMBO關在客廳外面的陽台上。媽媽雖然疼小孩，但大部分的時候，也還是繼續縱容JUMBO，任憑牠在房子裡面玩得雞飛狗跳。跟媽媽認識多年的朋友麗秋說，JUMBO過世，媽媽足足哭了一個禮拜，還把骨灰放在家裡，每天晚上爲牠唸經祈福。有一次，媽媽夢見JUMBO投胎做了一個黑人醫生的兒子，高興得不得了，還特別爲此打電話給所有的親朋好友。

一九九三年的清明節，我開著哥哥的賓士車，陪媽媽把姊姊的骨灰移到台南左鎮的葛瑪葛居寺。到了台南，打開行李箱，我發現裡面竟然有兩個骨灰罈，一個寫著姊姊的名字，一個寫著「劉寶兒」。我問媽媽劉寶兒是誰啊？媽媽說，寶兒就是JUMBO。廟裡的法師跟媽媽說他們的靈骨塔不收寵物的骨灰，媽媽心生一計，就把JUMBO說成她的小兒子，她得意地對我說：「這麼一來，JUMBO的魂魄就可以混進廟裡，早晚接受佛法的薰陶了。」本來這次台南之行還蠻莊嚴肅穆的，被媽媽說破了以後，每當法師們對著「劉寶兒」鞠躬誦經、行禮如儀的時候，我就有點想笑。

□

JUMBO之後，媽媽不再養名犬，倒是開始撿一些流浪狗回家。據我所知，媽媽的最高記錄是同時把十二隻狗和五隻貓抱回內湖安泰街不到三十坪的小房子裡。我去找她，人還沒上樓，狗狗們就狂吠成一團。剛開始，附近的居民時常抱怨，還跑去市政府陳情，但是媽媽就是有辦法軟硬兼施，一一把阻力擺平。有一次鄰居忍無可忍，集合了幾個壯丁敲媽媽的門，找媽媽理論，媽媽一開門就破口大罵：「家裡有很多值錢的東西，只有我一個婦道人家住在這裡，連養幾隻狗看門都不行啊？」還說：「你們要進來是吧？你們要流氓是吧？那我的香爐不見了，手錶不見了，項鍊不見了，你們哪一個人負責賠我啊？」媽媽得意地跟我說，這些人哪裡見識過這種場面啊，還不就乖乖地道歉、摸摸鼻子回家了。

我問媽媽怎麼能夠忍受那麼多隻狗在房子裡轉來轉去，媽媽說，路邊的野狗很可憐，有些跛了、有些病了、有些餓成了皮包骨。剛開始她只是叫計程車送狗去醫院治病，可是病醫好了，狗狗還是無家可歸，總是搖著尾巴、可憐兮兮地看著媽媽，她想，人家都說狗來富，就一隻一隻的帶回家。可能是長年在外流浪的緣故，媽媽的狗要不就很兇、要不就很神經質，一點也不可愛，可是媽媽把牠們照顧得還不錯。爲了照顧這些狗，媽媽特地請了一個朋友來看家、遛狗，每個月花在狗身上的錢，至少也在五萬元上下。媽媽過世以後，很多債主都對我抱怨：「妳媽媽對狗比對人好多了。」

有一次我問媽媽，老了以後想怎麼過，她說她不想跟哥哥或跟我住，倒是想找間大房子安頓她和她的狗寶寶。我問爲什麼，她說她的個性和我們合不來，住在一起只會互相找麻煩，但是狗寶寶又聽話、又乖巧，說到這裡，媽媽的臉上滿是欣慰的神色。媽媽還說，有一天，她一定要蓋一座「流浪狗之家」，專門收留那些無處可去的野狗。

媽媽過世以後，家裡的狗狗們也就變成了孤兒。哥哥把其中幾隻以每隻一萬元的寄養費轉給了一家台中的私人狗園，因爲錢不夠，還留了幾隻又老又病的狗在家裡。哥哥無暇也無力照顧這些狗，只好任憑牠們自生自滅。爲了找寫書的資料，我去過那個家一、兩次，看著那些無辜的眼睛，我心裡也覺得很抱歉。媽媽不在了，哥哥和我還是可以堅強地過下去，眞正失去了全世界的，應該是這些狗寶寶吧。

# 雙城記

我是爸爸的獨生女，媽媽的小女兒。在爸爸的城市裡，我始終是一個異議分子，在媽媽的城市裡，卻像一個意外的旅客。

初初懷了我的時候，媽媽打算把我拿掉，經過爸爸的勸阻，兩個人開始了一段不算愉快的婚姻關係。結婚不滿半年，爸媽就吵翻了天。當時有一對一直沒有小孩的蘇姓夫婦給了媽媽不少錢，希望她把肚子裡的孩子送給他們，這件事被爸爸知道，拖著媽媽不肯離婚，直到把我生下來，才正式辦了手續。根據協議書，哥哥姊姊歸媽媽，我歸爸爸。後來爸爸再婚，我被寄養在好幾個不同的家裡，直到六歲，爸爸結束了他的第二次婚姻，把我接回來同住，我才終於有了一個自己的家。

小學二年級，爸爸把我從古亭國小轉到私立大華小學。第一個學期，我拿了第二名，老師對全班同學說：「人家沒有媽媽，都可以把書讀得這麼好，你們應該要好好的檢討。」從此以後，我就常常被同學盤問，例如「沒有媽媽的感覺是什麼？」「妳有沒有見過妳媽媽？」「妳為什麼沒有媽媽？」「妳媽媽還活著嗎？現在在哪裡？」儘管他們沒有惡意，小時候的我依然覺得困窘難堪。我越來越不喜歡和班上品學兼優的同學一起玩，反而和一個老師心目中的問題學生走得很近。她是小老婆的女兒，又長在一個重男輕女的大家庭裡，身世和我差不多複雜，所以玩在一起特別輕鬆自在。她不只帶我去路邊攤喝楊桃冰、吃甜不辣，還教我去文具店偷書籤和玩具，不久以後，我也變成了老師每個學期必定約談的問題學生。

雖然我問題不少，老師還是常常推舉我參加各式各樣的才藝比賽。爲了準備一場即席演講，小學三年級的時候，我在級任老師家裡住了兩個禮拜。在這次的外宿經驗裡，我發現原來別人家裡都是媽媽在洗衣服、拖地板、煮飯和帶小孩，難怪我的爸爸老是做不好。從此，我展開了長達數年的撮合工程，希望說服爸爸媽媽破鏡重圓。我的方法很簡單，就是要爸爸帶我去看媽媽。結果呢，我們約遍了台北市的咖啡廳，媽媽出現的機率不到五成，準時的記錄則一次也沒有。爸爸氣壞了，就改成隔幾個禮拜帶我去三姨家，把我留在那裡等媽媽，但這麼一來，我的奸計就無法得逞。所以我又改變策略，邀請媽媽和哥哥姊姊回溫州街的家裡一起吃年夜飯。有那麼幾年，媽媽帶著她的拿手菜，爸爸也親自下廚，準備他最得意的紅燒蹄膀和鮑魚雞湯，五個人圍著飯桌一團和氣，眞的有那麼一點闔家團圓的味道。原本姊姊和我對於這個飯局的期望很高，可是大家越來越不起勁，我們也就漸漸放棄了這個聚會形式。再說，從和媽媽不算充分的相處裡，我也發現了她和爸爸的個性眞的如同南轅北轍。小學畢業那一年，我正式放棄了我的撮合夢。

□

我十歲左右，媽媽發了一筆小財，帶我們兄妹三個去環島旅行，同行的還有她的幾個女性朋友。到了日月潭，我們走進頂級的涵碧樓，三個小孩分配到一間有兩大張雙人床的豪華套房。哥哥一轉身就跑出去玩了，姊姊則熱心地爲我簡報屋子裡的配備：這是衣櫃、那是浴室、冰箱在轉角、電視怎麼開……她熟練地拿起電話撥給總機，請服務生過來加一張床，完全是一副見過世面的模樣。對於從小沒有自己的空間，甚至還睡過壁櫥的我來說，這是一趟不可思議的旅遊。然而涵碧樓的房間，只不過是一連串驚奇的開始。那天下午，媽媽帶我們去遊潭，逛土產店，我們要什麼玩具只管動手拿，反正媽媽會在後面付錢；不管坐車坐船，媽媽也從來不問價錢，付帳的時候，還會加上一筆豐厚的小費。第二天早上起床，媽媽拿給哥哥一疊鈔票，叫他帶我們去樓下的餐廳隨便吃吃。哥哥姊姊坐下來，連菜單都沒看，一個點了法國土司，一個點了牛奶麥片，都是我聽也沒聽過、看也沒看過的食物。在此之前，我不知道有錢人家怎麼過日子，也不知道我和哥哥姊姊原來住在兩個這麼不同的世界裡。

那次我們也去了阿里山，住在阿里山賓館。飯桌上，我跟大家吹牛說我會點菜，媽媽就叫我點，於是我一口氣點了三道菜：糖醋排骨、香酥排骨和椒鹽排骨。每個人都在笑，媽媽也在笑，但她沒說什麼。菜上來以後，看著

三大盤排骨，我自己都傻了眼，看著媽媽，以爲一定會挨罵。媽媽說：「沒關係，小孩要什麼就給什麼。」我猜想所謂的幼教專家一定會反對媽媽這種寵溺小孩的態度，可是，那天晚上，她讓我作主，還爲我解圍，卻是我始終牢牢記得而且心懷感謝的一件往事。隔天清晨，我們包了一輛計程車去祝山看日出。大部分的遊客都擠在露天廣場上呵手取暖，我們卻睡眼惺忪地走進觀日樓，選了一個緊臨落地長窗的位置喝咖啡、吃麵包。那天雲層很厚，沒有看到日出，倒是讓我再一次看見了階級的差異。

□

上了五年級，受不了私立小學那種叫人喘不過氣來的打罵教育，我的問題越來越多。除了作業寫不完、考試考不好以外，我還偷同學的參考書和補習費，一有機會，就去西門町的電動玩具店打彈珠台。第一次離家出走，本來是因爲討厭老師、討厭上學，卻在師長的圍堵勸誘之下，改口說是因爲想念媽媽。爸爸擔心我，把我送去媽媽那裡住了一陣子。

那段日子，我不僅沒見著媽媽，生活變得更混亂。那時三姨跟媽媽住在一起，但三姨很忙，沒空盯著我寫功課。每天放學，我先去小店裡買零食、抽玩具，錢花光了，再回家吃飯、看電視，等到姊姊下課回來，我就去纏著她問東問西。每天都玩到該上床睡覺了，作業簿上還是一片空白，怎麼辦呢？只好隔天早一點起床，去學校跟同學借作業來抄。有一次，我正躲在廁所的角落裡抄得痛快，被富有正義感的同學逮個正著，少不了又是一頓皮肉之苦。沒過幾個禮拜，我就乖乖的搬回爸爸那兒住了。長大以後，翻到漫畫《瑪法達》裡那個三推四拖、寧可飽受罪惡感折磨也不肯做功課的菲立普，就好像看到了小時候那個賴皮的自己一樣。

在媽媽的第二次婚姻裡，我變成她的「乾女兒」。雖然不高興，但是因爲自己也到了製造和囤積祕密的年齡，所以有點同情她的處境。那個時候，不幸得以直升大華中學的我，越來越受不了私校斯巴達式的管教，常常離家出走。剛開始，只是蹺課去西門町混一天，晚上還是會回家。爸爸心地善良，只要我說兩句悔改的話，流幾滴抱歉的眼淚，他就會原諒我，甚至幫我在老師面前圓謊。

後來我變本加厲，存了一點車錢、帶了一本畫冊，跳上南下的火車跑去日月潭，認識了一個大我八歲的男生。我和他在中部玩了一個禮拜，還以爲永遠擺脫了聯考的夢魘，後來被他說服，決定先把初中唸完再說，於是他陪著我坐上回台北的公路局。回家以後，爸爸媽媽都沒說什麼，不知道從哪弄來一張醫院證明，合力幫我把學校的事情擺平，還請我的「男朋友」吃飯、聽歌。過了幾天，「男朋友」不見了，我鬆了一口氣，一點也沒有追問的意思。老實說，既然他無法幫助我逃離這個體制，我也找不到什麼和他繼續交往下去的理由。

幾年以後，姊姊告訴我，當時爸爸和媽媽通力合作，找了一個藉口把「男朋友」騙進了警察局，告他誘拐未成年少女，最後他簽下了一紙「保證永不糾纏書」，就悻悻然地回台中去了。自此之後，我再也沒見過他。這是我第一次見識到爸爸媽媽聯手的威力。

聯考前某一天，我肚子悶悶地痛了一夜。隔天爸爸帶我去看醫生，他檢查了一下，說可能是盲腸炎，但是情況不嚴重，還不至於要開刀，於是開了一些藥要我帶回去吃。回家以後，我越想越失望，沒有手術就沒有病假，沒有病假就必須上學，於是心生一計，關上房門，自己在臥室裡亂蹦亂跳一通，果然跳出了腹膜炎。當天晚上，急診送進了徐外科，交給兩位實習醫生操刀。送出開刀房，我疼痛難當，緊緊抓著爸爸的手，口中則六神無主地一直喊著媽媽。幾個小時以後，三姨匆匆忙忙地趕來醫院，說暫時連絡不上媽媽，所以先過來陪陪我。我看見來的是阿姨而不是媽媽，有一點點失望，但還是覺得安穩實在。三姨照顧我，從來就多過媽媽。

我的手術不太成功。隔壁病床那位太太也是盲腸炎，隔天就可以下床走動，而我卻足足在床上躺了四天下不來。我還發現大家來探病的時候表情都怪怪的，好像我身上有什麼異味似的。醫生告訴爸爸我的傷口化膿，可能還要再開一次刀，他還補充：

「開盲腸雖然是個小手術，也不能說百分之百不會出意外。」爸爸和媽媽商量，覺得事態嚴重，決定把我從徐外科轉到中山紀念醫院。轉院的那天，是我初中生活的轉捩點。首先呢，我遇見了一個長得好看、又把我從鬼門關裡救回來的醫生，更重要的是，見我那副鬼樣子，媽媽覺得很心疼，花錢把我送進了頭等病房，裡面冷氣、冰箱、電視、沙發應有盡有，就是沒有課本和參考書。我在醫院裡住了整整一個月，除了剛開始治療的那幾天，我每天四次、一次三十分鐘叫得像殺豬那麼悲涼以外（打針換藥是很痛的），在醫院的日子，是我聯考前最快樂的一段時光。

住院這件事，意外地讓我和媽媽變得很親近。每天上午，她會帶一鍋剛剛煮好的鱸魚湯給我喝，說鱸魚對傷口癒合有幫助。晚上，無論多晚，她也會帶一盒西點麵包來醫院。有時候，我已經睡著了，她還是會湊過來親我的臉頰，逼我醒來跟她說說話，有一次，還在我房間裡當場抓到姊姊與姊姊口中「早就斷絕來往」的男生手牽手。不幸的是，老師也來醫院看我，發現房間裡一本課本也沒有。她提醒爸爸聯考就快到了，從此斷送了我的幸福。

上了北一女，我頑劣的本質依舊。高一就偷偷刻了一枚爸爸的圖章，以便隨時請病假，高二開始學會混社團，又增加了不少請公假的機會。蹺課是我的家常便飯。我常常穿著制服假裝去上學，在附近閒晃一會兒，把假單寄出去，算好時間，等爸爸上班以後，再溜回家換上便服正式出門。有一次，換好便服的我還在車站附近和爸爸擦肩而過，嚇出一身冷汗。這些事情，爸爸到現在都不知道。

蹺課的快樂時光，多半耗在電影院和租書店，少半耗在媽媽安和路的家裡。之所以去找媽媽，是因爲她從不多問、口風又緊，還有，只要她手頭寬裕，多少可以要到一些閒錢零花。

有一次我扁桃腺發炎，向爸爸討了一個假，去媽媽那裡小住幾天。當時哥哥姊姊去了義大利，家裡就剩下老爹、媽媽和我三個人。媽媽滿腹的母愛無處宣洩，就一古腦兒丟給了我。我的體質容易過敏，從小爸爸就不太准我吃芒果、荔枝這類容易上火的水果，但是，到了媽媽的地盤，我就百無禁忌了。只要跟媽媽撒個嬌，她就會去菜市場抱回來一堆芒果和荔枝，像餵豬那樣，每隔兩小時送到我面前。我住在姊姊的房間裡，睡在她的床上，試穿她的名牌衣服，這種優渥的待遇，也是平時不可能發生的，因爲姊姊有潔癖，不准任何人碰她的床，更別提讓我穿她的衣服了。我每天無所事事，早上起來，穿著姊姊的無肩帶泳衣去游泳，下午就癱在電視機前面一邊吃芒果、一邊看《上海灘》，邊吃邊看還邊哭。晚上呢，就隨便挑幾張唱片，試一試媽媽買給哥哥的豪華音響，過了幾天像在天堂一樣的美好生活。不幸的是，哥哥姊姊把錢花完了，提早兩個星期回家。他們到家的時候，我正好穿著姊姊心愛的泳衣從外面走進來，姊姊臉上不悅的表情迫使我不得不回房整理行李，結束了這次愉快但短暫的安和路之旅。

高中畢業，在補習班裡準備重考的那一年，我和媽媽幾乎沒見過面。上了大學，至多只是每年除夕夜在三姨家裡碰個頭，見面的時候，好像也找不到什麼有趣的話題。那時姊姊已經搬出去住了，通常會帶著威廉回來吃飯，媽媽一看見他臉就臭臭的，頗有一點王不見王的味道，而哥哥呢，通常在拜過祖先以後就翹頭了，留下一堆相親卻不相愛的家人，客氣生疏地吃完一頓年夜飯。要不是好客的三姨善於帶動氣氛，那幾個除夕夜，眞是一點年味兒也沒有。

□

媽媽對我的愛，和她的個性一樣，很有那麼一點暴飲暴食的味道。印象中，媽媽幫我買過兩次衣服。第一次是在我很小的時候，我和爸爸瞞著後媽與媽媽見面，媽媽一口氣買了五條原子褲給我，害我們回家被後媽識破，我不但被後媽打了一頓，連一條褲子也沒能保住。另外一次是在我拿到碩士學位，正要去廣告公司工作的那個夏天，媽媽一時興起，帶我去燙頭髮、選套裝、買高跟鞋，我們沿著中山北路走一圈，買下足夠我穿用兩季的衣服，「開」掉她五萬餘元。媽媽最喜歡逛的，是幾家擠在巷弄裡面、僅容旋身的舶來品店。店主們清一色是和媽媽差不多年紀的女人，臉上濃豔的脂粉掩不住小針美容留下來的困窘神色，想來應該是媽媽年輕時候的姊妹淘吧。媽媽在她們面前出手闊綽，一如往昔。離開的時候，告訴我一堆沒頭沒腦、關於體恤和同情的人生大道理。

還有一天，媽媽想起我愛吃螃蟹，就請人從基隆帶了一簍現捕的螃蟹，煮了一桌螃蟹大餐，包括蟹肉羹、醬汁蟹、清蒸蟹、蟹肉燴豆腐、蝦仁蟹肉水餃、九層塔炒蟹腿、嗆蟹、醉蟹……有些菜名和做法我認不出來、也說不清楚，反正就是滿滿一桌的螃蟹。剛開始我覺得很過癮，因爲跟著有板有眼的爸爸過日子，是不可能這麼肆無忌憚地放縱口腹之慾的，但是到後來，實在已經吃不下了，媽還不停地問我，「是不是媽媽做的菜不好吃？」或者說：「再給我一點面子，把這塊肉吃下去吧！」這種無法拒絕的、撐破肚皮的幸福，讓我有點吃不消。媽媽的愛是強烈的，但也是短暫的、飄忽的、突如其來的。被寵愛的時候很幸福，可是很吃力；被遺忘的時候有點傷心，卻比較能夠心平氣和地過日子。有一次我約爸爸喝咖啡，談到我對「媽媽的愛」的體悟，問爸爸有沒有同感？他理也不理我。

□

記憶裡，少有和媽媽眞正親密的時刻。小時候，她常常在眾人面前誇我口才好、會畫圖、愛讀書，我聽了雖然高興，還是明白自己在媽媽心中的份量比不上哥哥和姊姊。年紀越大，和媽媽之間的情感交流變得越來越稀薄，我猜想，是因爲兩個人的祕密都越來越多的緣故吧。大學畢業那年，姊姊在張清芳的卡帶裡看見我的名字，告訴媽媽我會作詞作曲，媽媽高興得不得了，把我叫去家裡大吃一頓，問了我許多關於寫歌和賣歌的問題，算是記憶裡比較靠近的一次對話。在此之前，我很少覺得媽媽想瞭解我在做什麼、想什麼。

另外一次，就是一九九三年的清明節，開車陪媽媽去台南。當時我快要出國了，希望在走以前，能找個機會和媽媽聚一聚。剛好媽媽想把姊姊的骨灰移到台南廟裡，於是我自願當司機，帶著媽媽和李阿姨南下。一路上，我們保持著善意的距離。要去哪裡，媽媽會客氣地徵詢我的意見，晚上住旅館，我單獨睡一間，她則和李阿姨同住。回台北的那天，碰上高速公路大塞車。我們下午兩點離開台南，到了晚上七、八點，還困在台中附近的路上。媽媽怕我開車太無聊，就和我聊聊天。我說我偶爾會想起小時候她唱歌哄我睡覺的情形，媽媽聽了很開心，就隨便唱了幾首國語和台語老歌，我和後座的李阿姨也跟著嗯嗯啊啊地和，就這樣一首一首唱下去，越唱越高興。回到台北，已經是清晨四點了，雖然身體很疲倦，精神卻很亢奮，好像在失落了童年許久以後，無意中撿回了一點親情的樂趣。

在心靈方面，媽媽和我沒有什麼交集。但是在物質方面，媽媽不但是我的品味老師，也給了我不少好東西。媽媽喜歡金子，三不五時就打幾條金項鍊給我們兄妹。哥哥姊姊把這些禮物收得好好的，還不時拿出來戴戴，我就比較不爭氣，總是偷偷把金飾拿去賣錢。高中的時候，我賣掉一條純金的菩薩項鍊，換了一把夢寐以求的圓背吉他，媽媽知道了很生氣，之後就很少再給我什麼首飾了。

出國唸博士的時候，媽媽叫我去她那裡，打開了一個紅色的包包，裡面有好幾隻金馬，每隻差不多有十兩重，神態、姿勢都不同。媽媽說，她的心願之一，就是存錢打十隻金馬，現在已經打到第六隻了，她要我挑一隻帶去美國，萬一手頭拮据的時候，可以賣掉應急。我挑了一隻，放在我的隨身行李裡，去德州住了三年半。這次，我可一點也沒動過金馬的主意，只是在偶爾想起媽媽的時候，拿出來把玩把玩。媽媽過世以後，哥哥一時周轉不過來，我告訴他媽媽還有幾隻金馬，他翻箱倒櫃，遍尋不著，猜想是媽媽生前拿去抵債了。

媽媽篤信佛教，在世的最後幾年，追隨了一位臧能法師。媽媽往生的那個晚上，法師把我和哥哥叫去他的修道場，告訴我們要相親相愛，合力把媽媽的後事料理妥善。幾天以後，媽媽做頭七，我起了個大早，在修道場前的廣場上踱步，剛好法師走出來，我們就單獨聊了一會兒。他說媽媽一生重男輕女，除了自己享受，一切的努力都爲了哥哥，媽媽對我好，只是因爲她愛面子，怕別人說破她的偏心。

我不知道事實是不是如此，我只知道在媽媽的某個抽屜裡，還躺著幾封我從國外寄給她的卡片，原封未動。我還知道，每當媽媽出事，沒有人會主動連絡我，連她腦溢血住進榮總，我也是最後一個聽說的。但是，我在媽媽的衣櫃裡，找到幾件我小時候送給她的生日禮物，它們像一個一個確實存在、卻又刻意被遺忘的祕密，安靜地躺在黑暗的角落裡沈思冥想。

□

多年以前，媽媽請人幫我算紫微斗數，裡面批道：「廉貞、貪狼、天祿逢空劫，父母蔭薄，照撫欠周。」李阿姨說她問過媽媽爲什麼比較不關心我，媽媽說：「有爸爸顧就好啦，他把小孩子帶得很好。」不過，她也提到：「文玲和哥哥姊姊不同，看起來像個小不點，其實心事很重。」三姨擔心我去美國讀書過得不好，媽媽跟她講：「我這第三個是小辣椒，和我小時候一模一樣，妳放一百個心，她不會被人家欺負的。」阿玉老實跟我說，媽媽很少提到我，記憶裡只有一次，媽媽得意洋洋地對阿玉說：「我們第三個聰明能幹，可惜沒有機會學到我的老奸巨滑。」可是，當著我的面，媽媽卻老是嫌我小氣，「就像妳爸爸一樣。」（無獨有偶的是，爸爸生氣的時候，則常常說我花樣多，「就像妳媽媽一樣」。）

從小到大，我問過自己很多遍，媽媽到底愛不愛我？媽媽過世以後，這個問題就更找不到答案了。我阿Q地說服自己，媽媽愛不愛我好像沒有那麼重要，重要的是，我在兩個截然不同的世界裡長大，遺傳了爸爸的單眼皮和媽媽的矮個子，也接

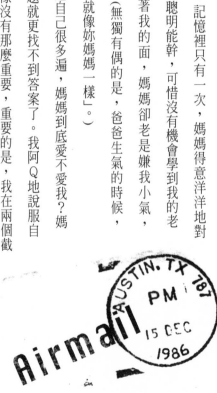

收了爸爸的和氣與媽媽的伶俐，在我裡面，永遠有一個部份和他們不可分割。不管我的人生順暢還是險惡，我知道，爸爸媽媽給我的力量和關於他們的記憶，終將陪伴著我勇敢地走下去。

慾望城國
2
Old Habits Die Hard
2

「在你面前，城市是一個整體，沒有漏失任何慾望。你是城市的一部份，由於它對你並不熱中的每件事物都樂在其中，你只能夠安身在慾望裡，並且感到滿足。這就是安那塔西亞（Anastasia）——陰險之城——所擁有的力量。有時稱為邪惡，有時稱為良善。如果你一天工作八小時，切割瑪瑙、條紋瑪瑙和綠石髓，你的勞動是在賦予慾望形式，可是勞動本身卻由慾望那兒獲得形式。而且當你相信自己在安那塔西亞樂在其中時，你只不過是它的奴隸。」

卡爾維諾《看不見的城市》

對於靠近媽媽的念頭，我一直又愛又怕。

在媽媽的世界裡，每件事情都很容易——吃最好的、買最貴的、用最高級的。十幾歲的時候，媽媽打開皮包拿給我的零用錢，是爸爸給我的十數倍。長大以後，媽媽向我借錢，答應給我的利息，比本金還要高許多。

因為那個世界太容易了，當我回到自己的世界裡，事情就開始變得混亂。想買一輛車子代步，我應該努力存錢，還是挑一個媽媽心情好的日子開口要呢？有一年過年，想包個紅包給她，我不停地把新鈔往紙袋裡塞，最後還是沒有送出手，覺得太寒酸了。

不只我如此，每個靠近媽媽的人，都可以感受到慾望的致命吸引力。媽媽不但生產各種慾望，還把慾望當作夢想，半賣半送給周圍的朋友和親人，以便換取更多的慾望。

有些人，始終沒有看破媽媽的慾望經濟學，一直捧著夢想，等待媽媽圓夢的承諾；也有些人，因為這些夢想而傾家蕩產，恨媽媽恨了一輩子。

慾望，是媽媽魅力的來源，也是她和所有真心待她的人距離的來源。

# 故事，有兩種版本。

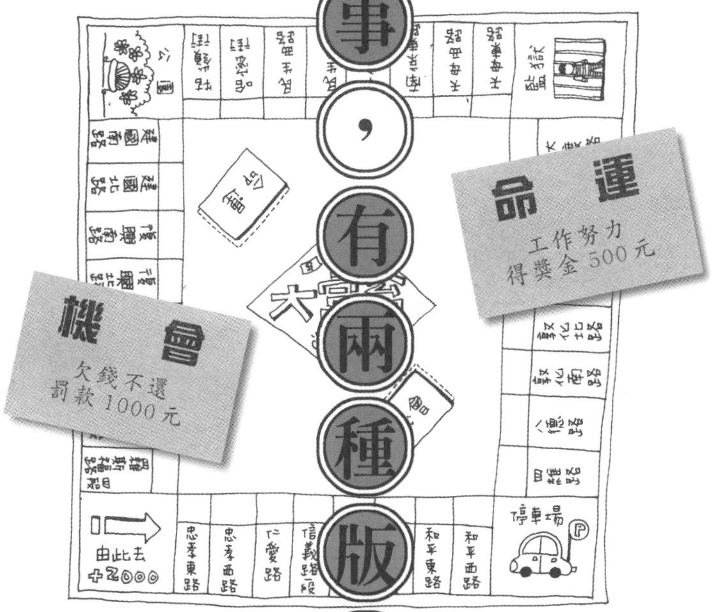

命運
工作努力
得獎金500元
機會
欠錢不還
罰款1000元
由此去
停車場
忠孝東路
忠孝西路
仁愛路
和平東路
和平西路

爲什麼媽媽讓人又愛又恨？從三姨和阿珠阿姨那裡，我拿到兩個不同的故事。

□

三姨的回答比較像官方版本。

她說媽媽是姊妹裡最美、也最愛漂亮的一個。九歲的時候，爲了頭髮剪壞了，好幾天不肯上學，在家裡哭個不停。媽媽很聰明，在基隆信義國小讀書的頭幾年，每年都拿第一名。除了會讀書，媽媽對畫圖和跳舞也有興趣，老師們都稱讚她有藝術天分。還有，媽媽是個本性善良的人，很照顧三個妹妹。光復以後，家裡最窮的那段時間，全靠媽媽苦撐。三姨說，媽媽從小就很會說話，去附近的雜貨店賖菜、賖米，絕對不會空手回家。爲了養家，媽媽什麼錢都賺，包括帶著妹妹去幫人哭墓。三姨還說，若不是媽媽，幾個妹妹根本沒有辦法唸完小學。

追問了好幾次，三姨才終於鬆口，願意談一點媽媽的缺點。

三姨說，媽媽從小就愛錢。有一次，親戚還錢給阿嬤，阿嬤拒不肯收，正在拉拉扯扯的時候，媽媽偷偷把錢藏在榻榻米底下。親戚以爲阿嬤收了錢，而阿嬤則以爲親戚把錢帶回去了。等到眞相大白，媽媽已經把錢花得差不多。那次，阿嬤狠狠地揍了媽媽一頓。媽媽要錢做什麼呢？三姨說：「妳媽媽很會花錢喔。」三姨算過，媽媽一個月的花費是她們一家七口的三倍。「她不喜歡的東西，送給她也不要；喜歡的，一買就是一大堆。」阿姨打開衣櫃，指著角落裡堆得像一座小山的日本進口深海魚油：「這些攏是媽媽送給阿公吃的。妳媽媽不只對自己好，有錢的時候，對別人也很大方，朋友就全部跑來了。」不過，三姨也說：「可是，我看她一輩子是一個很寂寞的人。」三姨提到媽媽的任性，說她從來不理會別人的想法，只顧著做自己想做的事：「反正你不能管她就對了，隨便說一句，她就翻臉。」

會借錢，是三姨最佩服媽媽的地方。當年，姨丈是船長。每次跑船回來，前腳才剛進門，媽媽就跑過來聊天，把姨丈還來不及拿去銀行存起來的薪水借走。阿姨笑著說：「妳媽媽口才太好。要是身上有錢沒借給她，晚上都會睡不著覺。」有一次，姨丈自告奮勇去找媽媽，想幫三姨把借給媽媽的一筆錢要回來，結果不但沒有成功，還被媽媽說動，又多借了一筆錢給她。

除了借錢不還，三姨說媽媽對男人也蠻無情的。這一輩子，唯一眞心對待的男人，大概就是哥哥了。

提起媽媽的婚姻，三姨沒說什麼，只說夫妻不合的原因很多，要找到一個能夠欣賞媽媽個性的男人很不容易。拗了許久，阿姨終於委婉地承認，除了養不起媽媽，「生理方面不能互相契合」，也是這些人留不住媽媽的原因。

□

阿珠阿姨的版本就尖銳得多。

阿珠阿姨是台中鄉下窮人家的女兒。七、八歲的時候，爸爸愛賭博，爲了償還一百三十塊錢的賭債，把她賣給了阿嬤家。阿嬤結婚，她便成了陪嫁的丫嬛。阿珠阿姨比媽媽大八歲，常常說媽媽是她一手抱大的。在外人面前，她們多半以姊妹相稱。

阿珠阿姨說阿公年輕的時候是個窮光蛋，在台中市開公車。阿嬤的家裡非常有錢，可惜阿嬤生下來就有兔唇。兩個人經撮合結了婚，跟阿嬤家裡拿了一筆豐厚的嫁妝。幾年以後，阿公把家搬到上海，做起兩地的買賣。我問阿珠阿姨他們兩人感情如何，她說阿公嫌阿嬤醜，從來不肯和她一起照相，但是孩子倒是一個接著一個來，總共生了四個女兒。

搬到上海的時候，媽媽差不多五歲。阿珠阿姨說媽媽從小就有說謊和偷錢的習慣。媽媽偷錢很有技巧，總是一點一點的拿，所以不容易被大人發現；萬一被發現了，機靈的她就輪流推給幾個姊妹。爲此，阿珠阿姨常常挨打，吃了不少悶虧。媽媽也愛玩，放學以後，不肯直接回家，喜歡背個書包去舞廳門口看熱鬧。

台灣光復那年，媽媽七歲。阿公在上海被人綁架，阿嬤張羅了五千萬元〔阿珠阿姨說，那個時候，一條魚要賣兩萬多一點〕，換回大麻布袋裡奄奄一息的阿公。阿公不甘損失，向妻舅借了一筆錢，買了麵粉運來台灣，沒想到台灣人不愛吃麵食，沒賺到什麼錢。過了幾個月，阿公裝了一船台灣文旦、香蕉和砂糖運回大陸，卻碰上了颱風，搞得血本無歸。經過這些事，阿公不敢回上海見阿嬤，在基隆躲了一陣子。阿嬤輾轉得知阿公把娘家給的錢都賠光了，氣得大病一場，吐了整整一桶血，從八十公斤變成一副皮包骨。

國共戰爭開打，上海湧入了一大批難民，生活變得越來越困難。有一陣子，阿嬤帶著幾個女兒幫忙縫軍衣，可是賺不了多少錢。阿嬤看局勢越來越壞，變賣了所有家產，湊錢讓媽媽、二姨和三姨先坐船回台灣。媽媽到了基隆，雖然找到了阿公，還是沒錢買米買菜，媽媽只好到處借錢、賒帳。她對債主們說阿嬤娘家是台中的地主，只要阿嬤過來，就會連本帶利的把錢還給大家。

過了幾個月，阿嬤向娘家借錢，帶著四姨和阿珠阿姨回到台灣，債主們這才發現劉家窮翻了，根本沒錢還債，於是每天跑到家門口來罵人。阿公受不了，搬到更偏遠的地方，在空地上種地瓜葉，一部份自己吃，一部份叫媽媽拿去市場賣。阿嬤沒有吃過這樣的苦，很快就過去了，阿公受不了這個打擊，也離家出走了，留下阿珠阿姨、媽媽和三個妹妹。因爲這樣，媽媽沒有讀完小學。

一提起媽媽，阿珠阿姨就有氣。她說，媽媽爲了錢，什麼手段都使得出來——對男人，就用身體；對女人，就用感情。「妳媽媽壞透了。一世人都在說謊、騙人。需要你的時候，好話說盡，利用完了，就一腳踢開。」

男人吃盡苦頭不說，阿珠阿姨自己也因爲借錢給媽媽而受了好多氣。很多年前，她幫媽媽向別人周轉了一筆錢，債主天天上門催，她實在受不了，就從基隆搭車來台北，按著地址找來溫州街跟媽媽討債。當時，媽媽肚子裡懷了我，帶著哥哥、姊姊與二姨正要出門。媽媽見了她，一點好臉色也沒有，就劈頭把她削了一頓，說什麼事先也不約好，就跑來找麻煩，這樣大吼大叫的，會讓她在左鄰右舍之間失了面子。媽媽罵得高興，也不理她，就自顧自叫了一輛三輪車。上了車，媽媽還回頭撂下一些狠話，說如果阿珠阿姨再來要錢的話，她就要找幾個人去好好修理她。阿珠阿姨在原地愣了很久，忍不住放聲大哭，一路哭回基隆。

阿珠阿姨說，如果不是因爲借錢給媽媽，她的先生就不會常常打她、在她身上出氣，她的兒子也不會離開她。她晚年四處落空、無家可歸，都是媽媽造的孽。說到氣頭上，她講了一些很難聽的話，罵媽媽下三濫、說媽媽是妓女，讓原本在一旁陪著我們的哥哥也聽不下去了，起身去幫我泡咖啡。

媽媽過世以後，阿珠阿姨主動約了我好幾次，要跟我講媽媽。她說：「妳媽媽的事問我最清楚了。妳一定要讓大家知道她是一個壞女人。」每次見面，阿珠阿姨都會拿出皺成一團的借據和幾張三十多年前的支票給我看，面額雖然不高，只有一、兩萬新台幣，但是從她顫抖的雙手，我看得出媽媽拿走了這個女人的一生。媽媽離開人世，阿珠阿姨的積蓄沒了，夢也沒了。這樣深刻的怨恨（還是失望呢？），我不瞭解，但是可以體諒。

媽媽中風以前，和阿珠阿姨在內湖家裡同住了好幾年。媽媽過世以後，阿珠阿姨還繼續住在那裡，跟著哥哥過著節衣縮食的日子。我去找她，順便在老相本裡翻出兩個女人年輕時候的合影。澄清湖畔，媽媽和阿珠阿姨的笑容燦爛依舊，彷彿是一對親愛的姊妹花。這張照片讓我想起在榮總的那兩個禮拜，阿珠阿姨一直守在病床旁邊照顧昏迷的媽媽，幾乎很少回家休息。有一些家屬份內的工作，像是幫媽媽換衣服、擦身體和清理穢物，她做的比我還仔細、認真。我猜想，雖然有那麼多糾葛、怨憎、矛盾，這兩個女人，可能以一種非常微妙的關係互相扶持了大半輩子吧。

□

兩個不同的版本來自兩種不同的期許。一個囑咐我要寫媽媽的好，一個堅持說要寫媽媽的壞。三姨的版本比較唯美，我聽了有點高興、也有點

失落。和阿珠阿姨聊天的那個下午，我連喝了兩杯咖啡。聽完了她記憶裡的媽媽，莫名地覺得有點反胃。我捧著厚厚一堆筆記回到木柵的家裡，因爲沈重，就一直擱在桌上，隔了好幾天，才有勇氣動手整理這些資料。

紀實也好，虛構也好，我在媽媽的故事裡，不只找到一個女人的功過，也找到那個時代的無力和無奈。

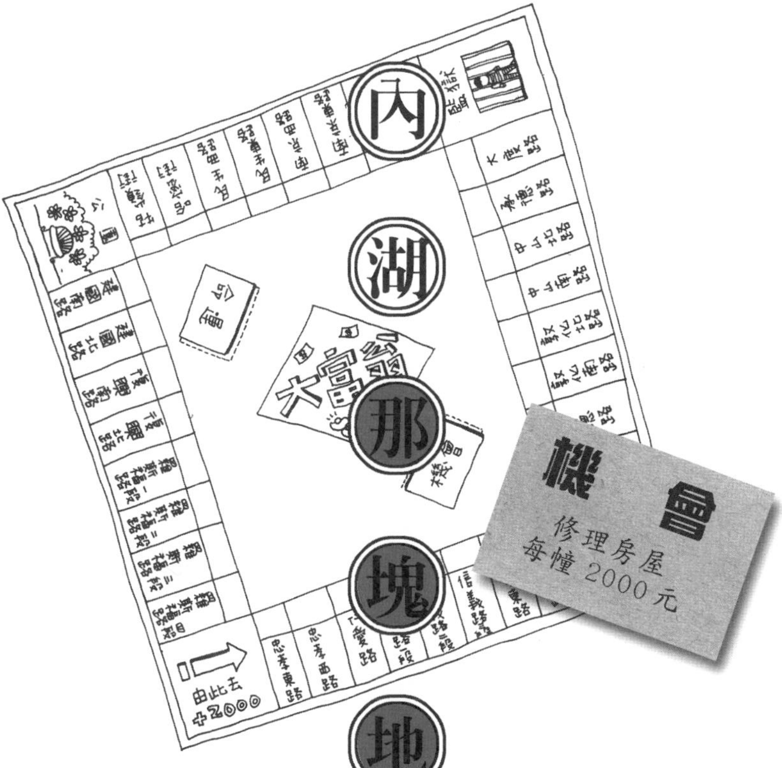
內湖那塊地
大富翁
命運
機會
監獄
公園
由此去
+2000
機會
修理房屋
每幢 2000 元

從小塡各式各樣的履歷，都遵照父親的指示，說母親的職業是「家管」，儘管我從來想不起來媽媽管過什麼家裡的事。後來我漸漸明白，「家管」只是一種表面的說詞，認眞講起來，「騙人」才是媽媽一生的工作。

媽媽騙人的方法無奇不有。借錢不還也就算了，還每每讓被騙的人覺得希望無窮。說起來，她的基本招式並不複雜，不過就是誘之以利和動之以情罷了，但是似乎沒有人可以抗拒這種建立在人性弱點之上的蠱惑。媽媽自己老早就是銀行的拒絕往來戶，但是她就是有辦法弄來一堆十萬、二十萬元的遠期支票（開票人多半都是不同時期拜倒在她石榴裙下的男人），再用這些支票向親朋好友調錢。媽媽的信用不佳，絕少有人相信她會如期還錢，但是她總是能夠想出各式各樣挑戰人類貪婪極限的優惠方案，加上她能言善道的本領，最後當然是稱心如意的拿錢走人。小時候，家裡三不五時會出現一些新奇的玩意兒——盤式錄放音機、雙層豪華冰箱、超廣角彩色電視機……後來才知道，這是因爲媽媽跳票，爸爸去搬東西回來抵債。我也幫媽媽調過頭寸，原因無他，受不了超高利率和預付利息的誘惑而已，和母女情深一點關係也沒有。

□

童謠裡的王老先生有塊地，他在那塊地上養了一堆動物，這裡叫叫、那裡跳跳，唱起來很熱鬧。媽媽也有那麼一塊地，就在內湖國家公園正對面。自從買下來，糾紛就不斷。一會兒角落畸零地的地主獅子大開口，一會兒有人霸佔一角開起了釣魚池，也是一樣的熱鬧。多年以來，媽媽總是不厭其煩地出面協調問題、擺平糾紛，後來我才知道這麼做是有原因的。

這塊地，據說是媽媽在民國五十幾年的時候遊說親戚朋友合買的。三十年過去，台北市土地的價格飆漲了幾回，親友們一個個沈不住氣，把自己的持份賣給了媽媽，而媽媽則始終抱著這塊地不肯放手。我從小就不停地聽媽媽說：「內湖那塊地就快要蓋起來了。」說了太多年、太多次，讓我不禁懷疑這塊地到底存不存在，直到我親眼看見權狀上面媽媽的名字，才相信她眞的有塊地。

記憶裡，每隔一陣子，媽媽就會興奮地告訴我和爸爸，地價又漲了，爸爸時常不識相地接嘴，說媽媽不懂得享福，早點把地賣了，不但可以把債務還清，還可以靠著豐厚的利息好好過日子。媽媽聽了，總是一副不開心的模樣，說：「你們這些讀書人哪裡懂這種事啊？」

我本來也同意爸爸的看法，甚至覺得，媽媽爲了守住這塊地，才會債台高築，最後連一條命都賠上了。但是，等我仔細讀完律師轉給我的一大袋資料以後，才發現「內湖那塊地」對媽媽的重要性——要不是因爲她每天把「內湖那塊地」掛在嘴邊，信用早就破產的媽媽根本借不到一毛錢。媽媽還曾經跟好幾個建設公司談過合建的事情，每談一次，就拿人家一筆鉅額的簽約金。這筆錢的用途是很有學問的，一部份要還給之前的建設公司作爲違約補償，一部份用來打理零零星星的私人債務，剩下來的，剛好夠讓她過一段寬裕的日子。內湖那塊地，不但是媽媽用來騙人的搖錢樹，也是她經年累月躲債的護身符。

開始賺錢以後，我也和媽媽有幾次金錢往來的經驗。明知她記錄輝煌，還是常常被她說動，把辛辛苦苦賺來的一點薪水交給她。五、六年前，爲了出國唸博士，我存了將近四十萬。媽媽開口向我借錢，我腦海中立刻警鈴大作，但是媽媽也不是省油的燈，當場拿出厚厚一疊我看不懂的法律文件與設計藍圖，告訴我「內湖那塊地」已經談得差不多了，如果我能夠幫她湊一筆生活費，她就沒有什麼後顧之憂，可以在建設公司面前擺擺排場，吊吊對方的胃口，這麼一來，建設公司就會答應一個更好的合建條件。我一方面禁不起四分利的誘惑，一方面想遮掩自己對於土地買賣的無知，當下就開著車子載媽媽去銀行領錢。那次她還跟我要了身分證影本和印章，說要把一戶新房子登記在我的名下，我聽了心花怒放，覺得媽媽眞是有情有義，後來我才知道，媽媽用了我的人頭倒了好幾個會。

過了幾個月，我出國在即，媽媽可一點也沒有還錢的意思，讓我像熱鍋上的螞蟻一樣飽受悔恨的煎熬。終於她打了一通電話來，約我陪她去三阿姨家坐坐，順便還我錢。我們到了三姨家，媽媽拿出一包首飾向阿姨抵押一百萬，媽媽跟三姨說這一百萬是爲我出國讀書準備的生活費，請她一定要幫這個忙，三姨滿口答應，開了一張即期支票給媽媽。當時我又驚又怒，沒想到堂堂債權人竟然一下子變成了媽媽借錢的藉口，還沒反應過來，就被媽媽拎走了。回程車上，媽媽說她先還我四十萬，等到「內湖那塊地」的問題解決了，再把利息匯給我。我前思後想，怎麼可能有人想得出這麼絕的借錢之道呢？媽媽過世以後，我和三姨聊起這件事，三姨笑笑，叫我不要放在心上。三十年前，她和媽媽合買過一棟房子。有一天她買菜回家，發現房子被法院貼上了封條，原因是房貸逾期，阿姨想，這房子沒有向銀行貸款啊？不用說，當然也是媽媽的傑作。反正親朋好友之間，沒有一個人倖免於難。

□

因爲債務糾紛，媽媽不知道上了多少次法院。十幾年前，媽媽在天津街租了整棟樓房，開了一家叫做「明園」的西餐廳，後來因爲無力繳房租，被房東一狀告到法院去。房東對法官說他不是不講人情，只是他急著把房子賣掉，才會逼媽媽還錢搬家：媽媽反問：「你要賣多少錢？」房東來不及細想，隨便說了一個數目，沒想到媽媽竟然說：「既然我交不出房租，我就買下你的房子好了。」當天下午，她找朋友幫忙，向北投農會借了一筆錢，用很便宜的價錢把房子買下來。這件事，媽媽津津樂道了許多年。還有一次，她在內湖租了一棟豪宅與老爹、哥哥、姊姊同住，也是因爲交不出房租被迫搬家。我不清楚在法院裡發生了什麼事，只知道媽媽不但沒有給人家錢，還當場要到了幾萬塊錢的搬家費。

媽媽過世後，四姨拿了一張有媽媽親筆簽名的支票上法院告我。接到法院的開庭通知，我打了一通電話給四姨，我說我和哥哥不是不還錢，只是遺產的狀況太複雜，沒有辦法立刻解決，但已經請了律師和會計師盡快處理。四姨非常冷淡地說，「妳說什麼也沒用，我們還是在法庭見吧。」我問四姨，不過是一張二十五萬元的支票，眞的要搞到親戚之間反目成仇嗎？她說：「什麼恩？什麼情？我被妳媽媽騙了一輩子。」

而內湖那塊地呢，終於在媽媽過世以後，蓋起了連棟的大廈和商場。

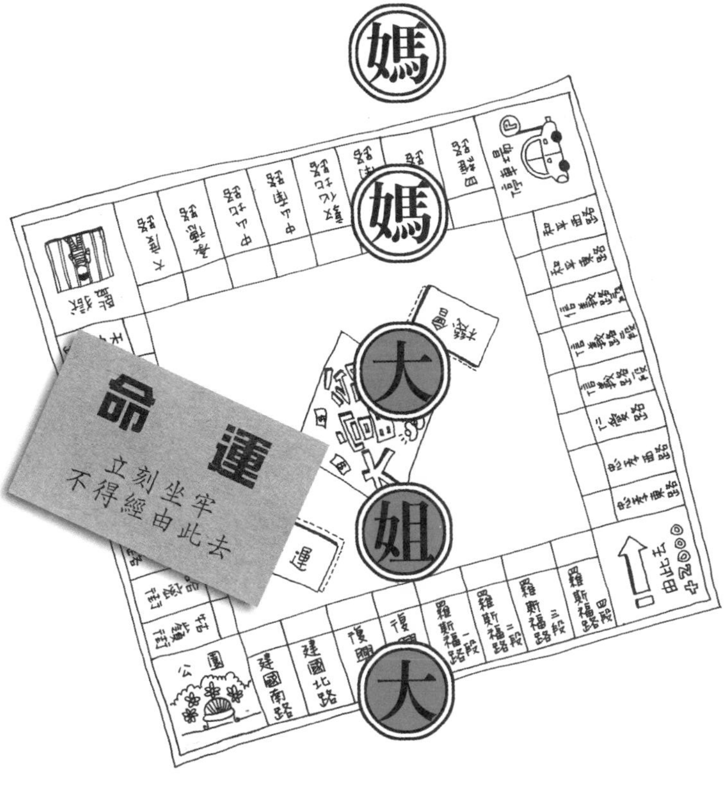
媽
媽
大
命運
立刻坐牢
不得經由此去
姐
大
羅斯福路四段
羅斯福路三段
羅斯福路二段
羅斯福路一段
建國北路
建國南路
公園

我對年輕時候風姿綽約的媽媽沒什麼印象，倒是對中年以後媽媽大姊大的模樣還有一些記憶。

民國六十年，媽媽三十三歲，從親朋好友那裡募得一筆資金，租下天津街四十八號的老房子，開了一家「明園純喫茶」，由阿公管店，三姨記帳，四姨跑堂。那時候我還小，不知道「純喫茶」意有所指，第一次踏進店裡，就被裡面的黑矇矇嚇了一跳。哥哥姊姊笑我沒見過世面，帶我躡手躡腳地跑到一處盆景旁邊，攀著隔板往雅座裡探頭，看見一個頭髮凌亂的男人撲倒在一個酥胸微露的女人身上，還不停地喘氣。我雖然不明究理，也約略瞭解了爲什麼明園的咖啡可以賣得那麼貴。

後來，媽媽把「明園」關了，搬去錦州街。那個地方外表看起來像是住家，出入的人卻很複雜。我搞不清楚狀況，只覺得媽媽身邊的那些女生怪怪的，一律是長髮、濃妝、大耳環、高跟鞋和露背裝，手裡拎著皮包，嘴裡叼根香菸，嗲聲嗲氣地叫媽媽「劉姐」，叫我「心肝寶貝」。儘管我只有十來歲，也看得出媽媽在「做黑的」。也許是連續劇看多了，想像力太過豐富，我總是擔心媽媽被抓，原因無他，只是害怕自己被牽連，更怕爸爸和我的名字會被登在報上。

我擔心的事情眞的發生過好幾次。媽媽過世以後，我拜託朋友去查，發現媽媽的前科幾乎和她的婚姻紀錄差不多輝煌，一生之中，總共入獄三次。

第一次坐牢的原因不詳。第二次就是在錦州街做買賣的時候東窗事發。李阿姨說，媽媽會講一點日語，所以專作日本人的生意。她的做法很簡單，不過就是印一些名片請旅行社的業務代爲轉發，但是效果還不錯，客人總是源源不絕地自動找上門來。生意清淡的時候，一天至少可以賺個八千，也曾經有過單日進帳五萬的紀錄。爲了保平安，媽媽每個月都交給管區五千元。那次被臨檢是陰錯陽差，相熟的警員來不及電告媽媽，但是因爲旗下有未成年的小姐，媽媽被關進了土城看守所，幸好有相熟的朋友幫忙關說，一個半月就放出來了。

出來以後，媽媽換到新生北路繼續做生意，沒想到又被警方查獲。因爲是累犯，原本要被當作惡性重大流氓，送去綠島管訓的，可是媽媽福大命大，靠著阿玉幫她頂罪和爸爸到處奔走，改判爲六個月的有期徒刑。李阿姨說，媽媽很有辦法，即使坐牢，一下子就混熟了，打點打點，關進去的第二天就可以會客。不過，來看她的，不是朋友就是前夫，都是來幫她想辦法的。這種事情，媽媽堅持不給妹妹和小孩知道。

關了三次，媽媽決定換個方式，改帶小姐組團去日本賣春，聽說也賺了不少錢。安和路的房子和哥哥姊姊去歐洲的旅費，就是這麼攢起來的。佩珊阿姨說，哥哥姊姊對於媽媽賺這種錢一直很有意見，常常爲此跟媽媽吵架，媽媽被吵煩了，這才收起來，改做其他生意。不過，媽媽這個人不會做合法的買賣，所以不得不開始借錢度日。

我大學畢業那年，媽媽說動了三姨，又把天津街四十八號租了下來，開了一家「明園西餐廳」。當時我在電視公司的外製單位當企畫，不知道那時候心裡怎麼盤算的，跑去跟媽媽說要幫她管店，媽媽也答應了。我找了一堆同學和朋友幫忙——學會計的負責管帳，讀大傳的設計傳單，打辯論的在前場跑堂，會音樂的就來彈琴唱歌。媽媽不太管我，隨便我玩，倒是三姨和阿公比較緊張，每天關門以前，都會來算算錢、看看帳。我在「明園」一共待了半年，生意不好不壞，大概可以打平。離開「明園」，是因爲媽媽要我幫她調頭寸。

有一天媽媽到店裡來找我聊天，她說我是三個小孩裡最像她的，還說要慢慢地把她待人處事的本領教給我。我聽了很高興，天眞地以爲媽媽終於看見我的才幹了，正要開口交心，媽媽話鋒一轉，開始問我有沒有朋友手頭比較寬裕，能不能找人幫她周轉一筆錢。我本來就有點畏懼媽媽的世界，覺得太複雜、太世故，所以總是小心地和她保持著

不遠不近的距離。這次媽媽開口借錢，對我來說，像是一個臨界點，一腳跨進去，就怕沒有回頭路了，所以當天我就決心不再幫媽媽管店。在我之後，「明園」撐了一段時間，後來租給了別人開小鋼珠。

□

媽媽的複雜和世故也有其迷人之處。讓我印象最深刻的一點，就是她對社會地位越低的人越是和善、親切，不管是市場的小販、家裡的幫傭還是美容院的小妹，媽媽總是客客氣氣地說話，而對方，因爲感受到媽媽的友善，也總是「劉姐」、「劉阿姨」、「劉媽」這樣親熱地喊著她。跟媽媽上館子吃飯，她都會給服務生一筆可觀的小費，我問她爲什麼這麼做，她跟我說：「這些人賺錢不容易，又不是偷來、搶來的，我們有能力，就應該要對人家好一點。」雖然我對媽媽的「能力」存疑，她這種「貧賤不能移」的觀點還是給了我不少影響，從小我就格外尊敬用勞力賺錢的朋友。考大學落榜的那個夏天，爸爸故意問我，是要繼續讀書，還是乾脆去工廠做女工算了？我想起媽媽的教誨，跟爸爸說我想做女工。他假裝沒聽見，直接幫我在一家補習班報名。

媽媽的好人緣幫了她不少忙。新生北路被查獲的那次，就是靠著乾女兒阿玉出面頂罪，媽媽才得以逃過一劫。阿玉當年二十五歲，在媽媽的應召站裡幫忙接電話、記記帳。出事當時，媽媽正在三姨那裡吃飯，在場的小姐把媽媽的名字告訴了警察，警察也做了筆錄。媽媽得到通報以後，跟阿玉商量了一下，借了三十萬元找人走後門改筆錄，把阿玉的身分由會計升格爲主事者。因爲阿玉沒有前科，在中山分局拘留了二十四小時，第二天就交保了。之後，媽媽答應給她半年的零用錢，要她乖乖待在安和路家裡等待法院審訊，不要到處亂跑。阿玉說，當時她年輕不懂事，覺得「媽媽對我不錯，就糊裡糊塗地幫了她」。阿玉和媽媽來往了二、三十年，爲她賣命可不只一回，有一次，媽媽懷疑同居的黃老頭有了別的女人，叫阿玉把垃圾桶裡的碎紙片全部找出來，花了好幾天的時間一片一片黏回去，發現果然是情書。阿玉說：「也不知道是什麼原因啦，媽媽要我做什麼我就做什麼。」

像阿玉這樣任憑媽媽使喚的，還有我的爸爸。每次媽媽跟人家打官司，就會找曾經當過警官的爸爸想辦法。爸爸告訴我好幾次，他在「新生北路事件」裡幫過媽媽一個大忙。他說，媽媽被關起來以後，他帶著我的身分證去找法官，跟法官解釋這個女人是他的前妻、我的生母。爸爸對法官說媽媽的身世淒涼，還說她帶著兩個孩子在社會上混飯吃不容易，萬一判下來要坐很久的牢，他不知道幾個孩子以後該怎麼辦。爸爸認爲，後來法官之所以從輕判刑，一定是被他的那番話打動了。爸爸對媽媽的好，始終讓我想不透。隨時隨地，他都可以數落一堆媽媽的不是，可是轉過身，他又心甘情願地爲她跑腿、辦事。媽媽是個大而化之的人，青黃不接的時候，連水電都會被剪掉，我還記得爸爸爲媽媽繳過好多次水費、電費和電話費。我問爸爸，既然討厭媽媽，爲什麼又要幫她做事？爸爸每次都說，他是因爲我的緣故，才和媽媽保持連絡的。我聽了一點也不相信。

□

媽媽雖然是大姊大，可是和她的三個親妹妹反而處不好。

每個人都說媽媽最疼二姨。小時候家裡環境不好，妹妹們的學費、生活費都成問題，媽媽還是堅持送二姨去學鋼琴，說她是可造之才。二十出頭，二姨在西餐廳裡彈琴，認識了一個吹小喇叭的，不顧全家反對，說什麼也要嫁給他，媽媽湊了一筆錢，爲二姨風風光光地辦嫁妝。民國七十幾年，二姨在民生東路開了一間西餐廳，媽媽也是三天兩頭約了朋友往那裡跑。可是二姨對媽媽並不好。我們兄妹寄養在她家的時候，她不但虐待我們，還騙我們說媽媽死掉了，不會再來了，姊姊和我抱著哭成一團，後來，媽媽來看我們，我們嚇得躲在房子裡不敢出來。

二姨也是媽媽的眾多債主裡面最沒有人情味的一個，爲了錢，還曾經教唆他的兒子動手打媽媽。麗秋說，媽媽跟二姨的關係很複雜，媽媽一生天不怕、地不怕，就是有點怕這個妹妹。有一段時間兩個人很少來往，不過，媽媽在世的最後幾年又和二姨走得特別近，中風那天，就是睡在二姨家的下女房裡。媽媽還在醫院裡的時候，二姨跟一個朋友拿了五十萬，說是幫哥哥借的，對方和媽媽交情不錯，就跟二姨說不必還了，但是糊塗的哥哥一毛錢也沒拿到。媽媽過世以後，二姨拿著一疊厚厚的資料要我和哥哥還錢，裡面小部份是媽媽親筆簽名的支票，大部分是二姨自己根據印象記下來的零星帳目：民國六十二年四件衣服一千兩百元，民國六十三年雲南白藥一瓶三百元、牛奶三個月兩百二十五元，民國六十四年十一月電費兩百五十元、假睫毛三十套共六百元，民國六十五年牛腱十斤一千一百元⋯⋯有些人用筆寫日記、有些人用照片寫日記，我翻讀二姨的記憶，還有什麼比這份長達十數頁的流水帳更能貼切描述她們姊妹的故事呢？

三姨是一個傳統女人，一輩子都在相夫教子和照顧老人家。哥哥姊姊跟著三姨的時間，比跟著媽媽還久。媽媽應該按月付給三姨一筆生活費，但是她的情況時好時壞，付不出來的時候，阿公會生氣罵人，總是三姨出來求情。小時候我偶爾會去三姨那裡吃年夜飯，在我的記憶裡，她是個好脾氣的家庭主婦，雖然忙進忙出一整天，依舊笑容可掬。她也是個細心貼心的阿姨，看見爸爸，總還是親熱地叫他「姊夫」；知道爸爸不准我吃零食，就偷偷塞給我一些糖果、巧克力讓我帶回家。三姨說，媽媽是個能幹的女人，這種女人很難叫她待在家裡帶小孩。三姨照顧我的哥哥姊姊沒有什麼目的，只是希望大姊的孩子可以平安長大。她尤其疼姊姊，不管姊姊出了什麼事，三姨的家都是她的避風港。姨丈經商失敗，姊姊主動借了八十萬給三姨，還跟三姨說不用還。

姊姊自殺未遂的那次，警察第一個通知的也是三姨，而不是媽媽。這些事情，都讓媽媽心裡不舒服。媽媽和三姨的隔閡，反而是因爲三姨的寬容善良。

四姨是媽媽最小的妹妹。李阿姨說，媽媽手頭寬裕的時候，是很疼這個老么的。多年前，媽媽買了一串很貴的台灣玉項鍊，原本是爲了上班要穿戴，見四姨喜歡，就給了她。媽媽跟李阿姨說：「我媽早死，老四才三歲，應該對她好一點。」印象中的四姨從來就比較沈默，結婚以後，更是很少和娘家來往。阿公過世，把大部分的財產留給了照顧他一輩子的三姨，其他人大概各分到幾十萬，四姊妹爲此大吵了一架。不知道爲什麼，吵完以後，四姨把她分到的一點點錢又借給了媽媽，媽媽一拖再拖，拖到過世也沒還錢。在榮總的靈堂裡，四姨板著臉來參加告別式，看見我和哥哥的表情，就像見到仇人似的。我們把媽媽的遺體送到第二殯儀館火化，四姨突然淚如雨下，大聲喊著：「姊姊，姊姊，妳怎麼去得這麼早。」之後，立刻收起悲痛的表情，生氣地離去。再看見她，就是在內湖的簡易法庭。爲了一紙二十五萬元的支票，她從此不肯正眼看我們一眼。

儘管姊妹之間如此不合，在外人面前，她們卻偏要裝出一派和樂的模樣。阿玉說，有一次她聽見她們在二樓吵架，吵到砸花瓶、摔東西，把樓下的客人嚇得半死，過了一會兒，四個人下樓吃飯，卻又頻頻為彼此夾菜、勸酒，說些熱絡的話。在三姨家吃年夜飯的時候，我也有一樣的感受：只要其中一個姊妹走開，大家就開始數落她的不是，等到她回來，又變成感情深厚的一家人。我和哥哥也討論過媽媽與三個妹妹的關係，不明白她們究竟是因為愛面子，還是太壓抑，要這麼痛苦地過日子。

哥哥是個厚道的人，他跟我說，媽媽不在了，他要把幾個阿姨當作媽媽來孝順。過去這幾年，除了三姨，其他的阿姨並未領受哥哥的一番好意，上法院告我們、見了面罵人、打電話威脅我、找人去哥哥家裡「坐坐」的，就是這些親愛的家人。爸爸從小告誡我，媽媽生長的環境太複雜，最好不要和他們有什麼糾葛，以前我還以為爸爸擔心我倒向媽媽那一國，現在才知道，人情世故是全世界最難搞定的東西，即使是媽媽大姊大，一定也覺得力有未逮吧。

# 台北廚房筆記

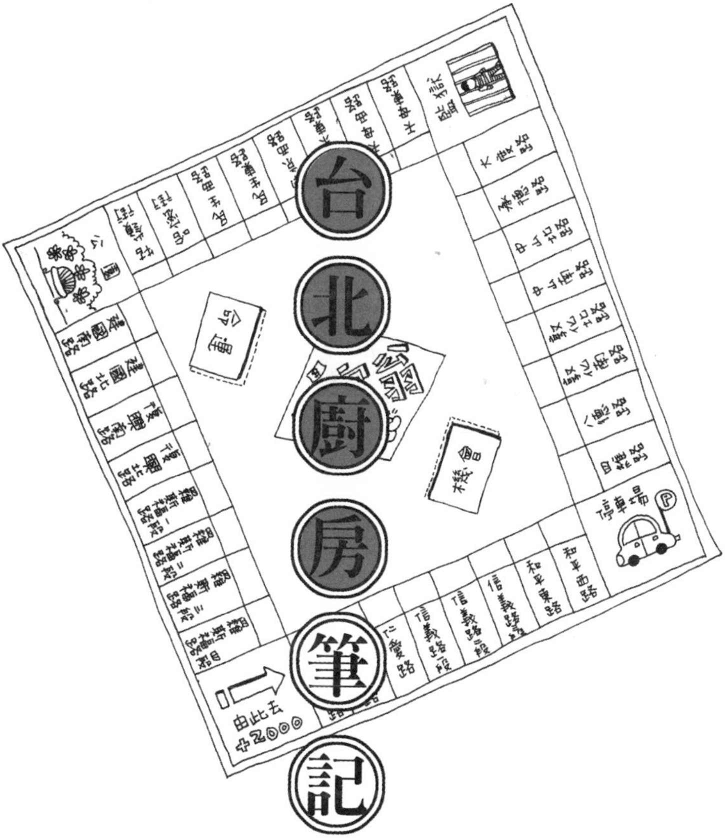

媽媽愛吃。在我的記憶裡，媽媽的影像總是和某個餐廳的招牌或者某道名菜重疊在一起。美食，是她生活裡不可分割的一部份。

溫州街的巷子裡，有一間叫做「老爺餐廳」的家庭式西餐廳。客人坐在榻榻米上大啖竹籃炸雞，從窗口往外看，還可以欣賞日式庭院裡的假山和魚池。在那裡，爸爸和媽媽一邊吵架，一邊教會我如何用刀叉。

民生西路的「波麗路」則是媽媽最愛帶我們去的一家西餐廳。印象裡，「波麗路」總是幽暗而寧靜，把大馬路上白花花的太陽關在外頭。小時候分不出食物好壞，只知道吃飽了沒有，所以前菜裡的茄汁明蝦和蘆筍火腿總是獲選爲第一美味，其次是湯，其次是沙拉，等到主菜上場，我已經沒有胃口了，所以對於「菲力」、「米濃」、「丁骨」這些字眼從來沒有什麼好感。

「凱莉西餐廳」在西門町圓環附近，是一家價廉物美，還有現場演奏的情調餐廳。我在那裡發現了小提琴的優美，央求爸媽讓我學琴。他們拗不過我，帶我去買了一把琴，還送我去上了幾堂昂貴的小提琴課，等到他們明白我胸無大志，只是想學會拉

「黃昏之戀」和「我家在那裡」這些流行歌曲的時候，雖然後悔莫及，也來不及把琴退還給樂器行了。

□

光從童年吃牛排的經驗，就可以看出爸爸和媽媽個性的不同。媽媽喜歡帶我們去最好的、最貴的地方吃飯，「小統一牛排館」是其中一家。二、三十年前，一客丁骨牛排差不多要新台幣四、五百塊。通常媽媽會看看菜單，先點一客牛排，然後要我們每個人輪流點，這時候，爸爸媽媽就會按照劇本開始吵架。

爸爸（聲音有一點擔憂）：「幹嘛這樣嘛，小孩子吃不了那麼多！」

媽媽（點起一根菸，把火柴搖滅）：「欸，是你請客還是我請客啊？」

爸爸（堅定的語氣）：「不管誰請客，浪費就是不應該。」

媽媽（眼睛東飄西飄，不耐煩狀）：「小孩子這麼大了，讓他們自己決定好了。」

就在這個緊要關頭，爸爸會說出一句讓我深惡痛絕的話：「那，讓阿祥和文君自己點，我跟文玲分一客好了。」

一客牛排的份量眞的很多，就連媽媽自己，也從來沒有吃完過，可是，說不上來爲什麼，我還是想要一客完整的、屬於自己的牛排，就像哥哥姊姊那樣。也許重點從來就不是牛排，而是希望能夠在那樣的年齡像大人一樣做決定，像大人一樣被對待吧。

在媽媽的引介之下，我們也嚐遍了最好的中國菜和日本料理，包括石家飯店的清蒸石斑、麗苑的醉蝦嗆蟹、銀翼的韭黃膳糊、七都里的懷石料理、肥前屋的烤鰻魚飯、鯉御殿的日式燒烤、九如的酒釀湯圓……。十來歲的時候，媽媽帶我們去華西街的「台南擔仔麵」開眼界。這間擠在蛇店與藥店中間的豪華餐廳，除了供應美味的海鮮，還提供了一種混合著市井與貴族氣質的迷幻氣氛。在這個紙醉金迷的餐廳裡（這一點是從價格看出的），什麼都很放肆，什麼都有可能——蒜茸龍蝦上桌之前可以先來一碗擔仔米粉；裝扮俗麗養眼的小姐，端上來的是整套的英製瓷盤；精緻璀璨的水晶燈，冷眼旁觀著或盛裝打扮、或衣冠不整的客人；兩杯柳橙原汁以後可以叫一打台啤、兩瓶紹興或者一杯白蘭地對咖啡……。多年以後，朋友在法國龐畢度中心的門口跟我解釋什麼叫做後現代主義的建築風格，而我腦海裡不斷出現的，卻是華西街的夜晚，那小小一段同時通往天堂和地獄的門面。

另外一家印象特別深刻的餐廳，就是中山北路巷子裡的「青葉」台菜。印象深刻，不是因爲常去，也不是因爲某道菜特別好吃，而是覺得媽媽在「青葉」吃飯的時候最愉快、最自在。媽媽彷彿認識店裡的每一個人，每次走進去，跟媽媽打招呼的聲音總是此起彼落；剛坐下來，一瓶冰涼的啤酒就已經端上桌；媽媽連菜單都不用看，呱啦呱啦幾句台語，就把菜點完了。一盤五味九孔、一盤蔭豉蚵仔、一盤清炒豆苗和一鍋地瓜稀飯是每餐必點的，其他的，就看媽媽那天的心情了。媽媽才吃了兩口稀飯，店裡的小姐和鄰桌的熟人就會輪番過來向她敬酒，媽媽則用流利的台語、國語和一點點日語依序回敬。喝酒和聊天是她在「青葉」吃飯最享受的部份。前一陣子，我特別約了哥哥去「青葉」吃宵夜，想重溫兒時的舊夢。走進「青葉」的時候，差不多是晚上十點多，偌大的餐廳裡，只剩下一桌客人。領班抱歉地對我說，他們再過一會兒就要打烊了，我說：「你們以前不都開到凌晨兩、三點嗎？」她和善地笑笑，說：「喔，那是好多年前的事情囉。」

吃遍大江南北，媽媽也練就了一手好廚藝。我最喜歡她的茄汁明蝦、蒜茸螃蟹與炒三冬。也許是有天分，媽媽做菜一點也不費力，早上起來，去南門市場走一圈，中午就可以整治出一桌佳肴。小時候比較常吃到媽媽做的菜。陪我們吃飯的時候，媽媽自己很少動筷子，通常都只坐在旁邊抽菸喝酒。媽媽偏愛一種甜甜的日本紅酒，興致來了，就幫我們準備幾只漂亮的水晶杯，放幾塊冰塊、倒一點紅酒，說要訓練我們的酒量。吃飽飯，我們會爭相幫媽媽點菸，順便也偷抽個一、兩口。住在安和路的時候，媽媽偶爾還是會燒幾個拿手菜，讓哥哥姊姊和他們的朋友嚐一嚐。我去看媽媽，每次都對著桌上的剩菜剩飯流口水。後來媽媽信佛，開始吃素，就不太自己下廚了。也許得自媽媽的遺傳，我從小就愛吃。雖然跟著媽媽吃到不少好東西，我卻特別懷念媽媽的家常菜。這些菜的魅力，究竟來自「菜」還是來自「家常」？我也搞不清楚。

□

喝咖啡，也是跟媽媽學的。小時候爲

了和媽媽見面，爸爸帶我走遍了中山北路的咖啡店。南京東路和中山北路轉角處的「美而廉」，是我們家族咖啡地圖的起點，「美而廉」的斜對角有一家「夢咖啡」，再往北走，還會經過國賓飯店，華國飯店，統一飯店，和大同工學院旁邊的「上島咖啡」，最後在圓山飯店畫上一個句點。

和當下的咖啡文化不同，媽媽的咖啡經只有五個字：重量不重質。兩百元的咖啡很不錯，五十元的咖啡也可以，重點是每天至少要喝個七、八杯。在我看來，媽媽根本不是「喝」咖啡，而是「酗」咖啡。十幾歲的時候，我找媽媽吃飯，幾乎都是爲了要錢，錢拿到手，就想走人，偏偏媽媽是個續杯狂，好不容易熬到吃完飯，媽媽卻說：「急什麼嘛，讓我喝杯咖啡再走。」咖啡喝完了，還要抽菸，菸抽完了，還要點咖啡……我是個急性子，老覺得媽媽這種喝咖啡的方式實在太浪費時間了。

媽媽住在醫院的最後幾天，我在榮總的餐廳裡慢吞吞地吃飯，彷彿這麼做，就可以再多留住媽媽一會兒。我邊吃邊想人生的飄忽和無常，突然想念起咖啡又黑又苦又悠閒的滋味，於是點了一杯睽違已久的咖啡。經過這麼多年，媽媽終於教會了我喝咖啡的道理。

# 慈悲生禍害

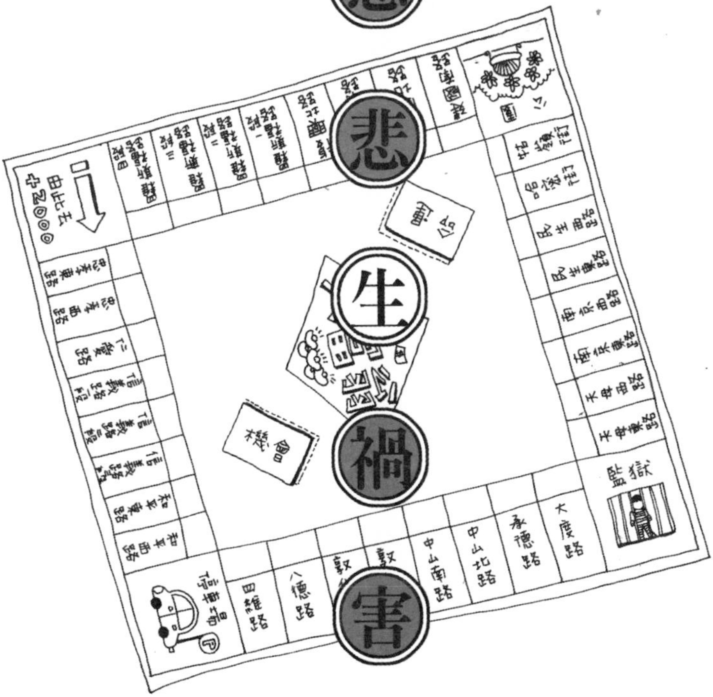

發財，是媽媽的人生大夢。爲了確定這個夢想會實現，媽媽不停地尋找算命先生的支持。

和媽媽見面，多少會聊到和算命有關的話題。「我那天去算命」幾乎變成媽媽的口頭禪了。媽媽每次都說：「算命先生說，再過幾年，我就會大發。」這種時候，鄉愿的我只是傻傻地笑，爸爸就會不耐煩地說她迷信，搞到不歡而散。

很多年前，媽媽很信一位蘇老師，不管遇到什麼事，做決定以前，一定先去請示這位高人。蘇老師在自己家裡開了一個道場，媽媽也帶我去過幾次。印象裡求籤卜卦的隊伍總是很長，但是媽媽很有辦法，道場的人一看見我們，就會殷勤地上前招呼，帶我們繞過長長的隊伍，直接去見蘇老師。媽媽的辦法，說穿了也不值錢，不過就是出手闊綽罷了。

有一天，報上刊登了一則神棍騙財騙色的新聞，仔細一看，地址、電話和負責人的長相都很眼熟，原來就是蘇老師。我告訴了爸爸，爸爸幸災樂禍得不得了，他說這次媽媽可受到教訓了吧。我則偷偷地擔憂，騙財就算了，媽媽會不會也給人家騙色了？後來和媽媽見面，她絕口不提這件事，多事的爸爸忍不住抓著機會說教一番，媽媽聽了只是聳聳肩，沒特別說什麼。下次見面，媽媽又開始興高采烈地提起算命的事。反正每隔一陣子，她就會找到一位新的「蘇老師」。

媽媽算命的方式千奇百怪。阿玉說，有個江湖術士教媽媽用擲筊的方式玩股票。有一陣子，媽媽每天夜裡不睡覺，拿著一份報紙，按照順序，一隻股票一隻股票地擲筊，擲成筊的，再繼續用相同的方式決定幾點買和用多少錢買。為此媽媽賠了很多錢。還有一次，媽媽在晴光商場找到一位指甲算命師，可以從腳指甲的形狀與色澤看出一個人的命運。這位女神仙跟媽媽說，如果想發財，一定要每天五點起床，爬到頂樓，先對著東方走五步，再往南方走五步，再往西方走三步，這樣反覆地走十回。還有，從此衣服與指甲油都必須換成大紅色。當然，媽媽的毅力有限，這次的改運並沒有成功。

除了問自己的事情，媽媽也喜歡爲兒女算命。每次算完，媽媽總是喜孜孜地告訴我們：「算命先生說你們每一個人都很有福報，」原因無他，「因爲再過幾年，我就要大發了。」我第二次去美國唸書的那個夏天，媽媽找了一位師父幫她、哥哥和我算命。這位師父很特別，他不肯與當事人見面，而是用錄音機錄下他的意見。拿了錄音帶，媽媽就在我的車子裡和我一起聽。師父說哥哥有點名士派的作風，把人世間的名利看得很淡泊，中年以後，有可能會出家。對於這番話，媽媽有點緊張，一直囑咐我在美國要幫哥哥介紹女朋友。那位師父還說，媽媽晚年很寂寞，周圍沒有朋友，只剩下一隻小老虎照顧她。我生肖屬虎，聽到這裡，心裡還蠻高興的，以爲總有一天可以和媽媽靠得近些，可惜事與願違，媽媽沒等到我讀完書就離開人世了。

據說媽媽也和靈媒打過交道。有一次，媽媽找一位通靈的師父做法事，把哥哥姊姊的生父請了回來，附在姊姊身上。三姨說，那位李先生要媽媽好好地對姊姊，還說，如果姊姊的個性不改，總有一天會步上和他自己一樣的道路。姊姊過世以後，媽媽也請師父做法，問姊姊過得好不好，第一次，姊姊說她很冷，媽媽聽了心疼，花了一筆錢爲她誦經；隔了兩年，師父說姊姊過得不錯，媽媽才比較安心。三姨也是迷信的人，跟我說這些故事的時候，還是一臉驚懼。

佩珊阿姨說，媽媽爲了想發財，除了到處算命，也跑遍了全台灣的寺廟。別人去廟裡，頂多花個幾百塊錢買點鮮花素果，媽媽一出手就是兩、三萬。龍山寺是媽媽最常去的地方之一，在那裡，媽媽至少捐了幾十萬。李阿姨說，龍山寺還是小 case，媽媽在台南的葛瑪葛居寺花了好幾百萬。她說媽媽拿出一筆錢幫助活佛建塔，又用現金買了十個舍利塔位，光是我們把姊姊和 JUMBO 的骨灰移到台南的那次，媽媽就捐了三百萬。我記得在台南那天，活佛特別空出一段時間跟我們說話，幫我們加持，還給了我一只琥珀項鍊。活佛一直勸媽媽不要把身外之物看得那麼重要，媽媽聽的時候唯唯諾諾，聽完本性不改，還是不忘向活佛請示一條發財之路。不過，不是所有的寺廟都像龍山寺或葛瑪葛居寺那麼幸運。媽媽過世以後，我和哥哥還陸續收到一些寺廟寄來的催款信，都是媽媽生前開出的空頭支票，幸好出家人都還算通情答禮，聽說媽媽往生了，也就不再追究。

在內湖圓覺寺附近修道的臧能法師，是媽媽晚年非常尊敬的一位師父。據說媽媽爲了還願，曾經給師父一張一百萬元的支票，但是我不確定這張支票有沒有跳票。臧能法師是媽媽跟隨過的眾多師父裡最有人情味的一位，媽媽過世，他特別從南部兼程趕回台北爲媽媽主持法事，後來還主動問起哥哥的狀況，借給哥哥五十萬應急。

媽媽過世以後，遺產的問題遲遲理不出頭緒。某天，我去朋友家聊天，在場剛好有位自稱有「通天眼」的朋友，自告奮勇要幫我問問怎麼回事。他打了一通電話給他的師兄，通話的時候，他口中念念有詞，是一種我聽不懂的方言，掛了電話，他說事情有點複雜，像是祖先之間不合，姓劉的不肯把財產分給姓陳的。他給了我一張名片，是一處位於永和的道場，說找個時間去那裡做個簡單的法事，就可以解決問題。那天晚上，我把名片帶回家，翻來覆去地看了一會兒，心底漸漸浮現一個清楚堅定的念頭，數數一共只有三個字——去你的。

# 從印帕尼瑪來的女孩

# 3 A Sentimental Journey 3

喜歡爵士樂的朋友送給我一套CD，主打歌叫做「從印帕尼瑪來的女孩」(The Girl from Ipanema)。朋友說，這種混合著森巴風格的爵士調調，就是巴薩那瓦 (Bossa Nova)。巴薩那瓦有種特別柔媚愉快的氣質，會讓人忍不住跟著音樂搖搖擺擺。

我在CD內頁找到一些關於「從印帕尼瑪來的女孩」的說明。一九六四年六月，它在全美流行音樂排行榜上榮登第五名，並且在榜內連續待了十二個禮拜。我猜想，對於走過六〇年代的老美而言，「從印帕尼瑪來的女孩」大概多少會勾起一些當年的回憶吧。而在我心裡，這首老歌還有一個很特別的意義──它是我對媽媽最初的美好記憶。

媽媽的房間裡，有一張粉紅色的大床，小時候我曾經在那張床上睡過一陣子。遲歸的媽媽滿身都是菸味、酒味和香水味，調配成一種讓長大以後的我依然覺得安全、幸福的氣味。帶著幾分酒意，媽媽喜歡問我「妳看媽媽漂不漂亮啊？」或是「妳爸爸最近有沒有交新的女朋友啊？」興致來了，她還會放一段音樂、跳一段舞給我看，「從印帕尼瑪來的女孩」就是其中讓我印象深刻的一首。

德州的奧斯汀是一個充滿南美情調的城市，第六街上有好多間標榜異國風味的餐廳。讀博士的時候，我常去其中幾間跳森巴舞的酒吧吃飯、喝酒、聽音樂、看人跳舞。有一次看見一個十幾歲的女孩子，穿了一件緊身小洋裝、一雙紅色高跟鞋，與男伴隨著森巴樂曲滿場飛舞。她的腳步準確地踩在節拍上，身體則像水蛇一般地隨意擺動，不曉得是在女孩身上看見了媽媽的影子，還是希望媽媽知道我一直都記得她的音樂，那一刻，我特別想念媽媽。

這個世界上真的有一個「從印帕尼瑪來的女孩」，她的名字叫做 Heloisa Eneida Pinheiro。三十多年前，她才十幾歲，在她走路去海邊的途中有一家小小的酒館，裡面坐著一個尚未成名的音樂家。這個音樂家為她寫了一首情歌，歌詞大概是說：

「從印帕尼瑪來的女孩，高眺、溫柔、青春、芬芳。
她每天走路去海邊，每天經過我的身旁。
她的裙擺輕輕飄揚，就像森巴的旋律一樣。
她從不知道我在看她……她從不知道我在愛她……」

這個女孩現在五十幾歲了，是電視脫口秀的主持人與四個孩子的母親。接受訪問的時候，她說她從來沒有想過自己會成為一首情歌的主角，我猜，她更想不到，這首歌會在一個異鄉的、陌生的女子生命裡，變成一個紀念的圖騰——紀念那個巴薩那瓦的時代，紀念那個從印帕尼瑪來的女孩，紀念我的由菸味、酒味、香水味調配出來的童年，紀念所有關於媽媽的回憶。

# 疤痕·香奈兒No.5

# 與其他

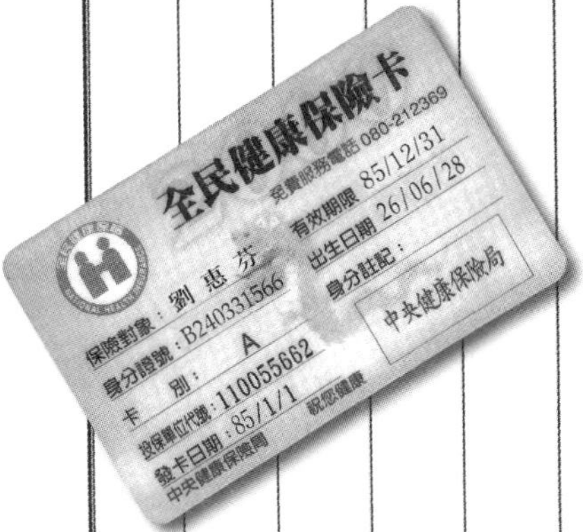

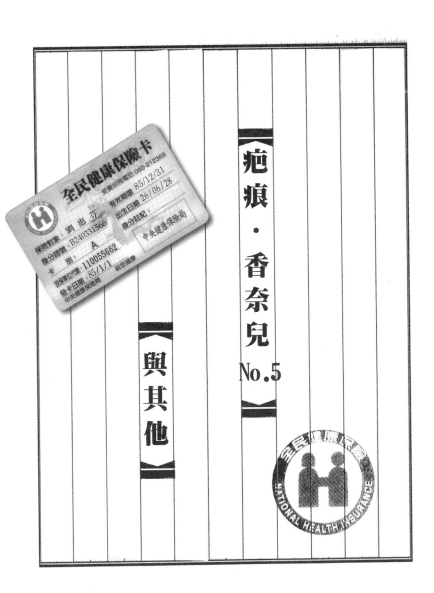

第一次仔細看媽媽的身體，是在榮總的病床旁邊。

剛下飛機，我就直奔醫院，那時媽媽已經因爲腦溢血而昏迷了一個星期。見到媽媽的時候，我其實不大認得出她。媽媽的臉因爲插著呼吸管而有些扭曲，她的身體，則因爲器官功能不斷衰退而顯得浮腫。我握住她的手，溫暖堅實依舊，只是沒有反應。醫生說，媽媽被送進醫院的時候就已經腦死了，家屬能夠做的，只是陪伴和等待。

在陪伴和等待的過程中，我常常覺得很害怕。特別是當所有的人離開，只剩下我和媽媽兩個人獨處的時候。那一刻，世界彷彿在瞬間安靜下來，房間裡什麼都消失了，只剩下呼吸輔助器還存在，我雖然極度厭惡那種一壓一縮的聲音，卻更擔心它會不會忽然停下來……。爲了減輕心裡的恐懼，我想出一個辦法，就是站在病床旁邊，仔仔細細地看媽媽的身體，把她最後的模樣牢牢地記進心裡。

□

媽媽是個愛漂亮的女人。每次見面，總是不厭其煩地問我：「妳看，我今天的精神還不錯吧？」「媽媽有沒有瘦一點啊？」「我這個頭髮還好看吧？」「妳說我看起來像

幾歲啊？」我是個小甜嘴，答的都是媽媽喜歡聽的。三姨說，爲了養顏美容，媽媽有段時間每天都用牛奶洗澡，還吃了好多年的珍珠粉。內湖的家裡，大大小小的冰箱有好幾個，裡面有食物，還有一堆名牌化妝品、保養品和健康食品。雖然媽媽很會打扮，我卻從來沒有機會跟她學學這些女人的工夫。有次爲了喝喜酒，跑去找媽媽幫我化個妝，畫出來又美又自然，足證她功力一流，不過光是上妝就花了兩小時，卸妝還要一小時，我才明白美的代價除了金錢、還有時間，難怪媽媽出門老是遲到。陷入昏迷的媽媽，氣色當然不比從前，頭髮因爲許久未染、未梳理的緣故，也不復記憶中的濃密烏黑，不過，還是可以從細嫩的皮膚看見媽媽多年以來用心保養的成果。

媽媽有不少朋友做過小針美容，年紀大了以後，那些假鼻樑、假臉頰、假下巴都鼓了起來，整個臉看起來僵硬又腫脹。媽媽的臉蛋幸運地逃過了一劫。五十歲以後，媽媽口口聲聲說要去日本拉皮，還繪聲繪影地告訴我拉皮手術的種種細節，

我每次聽完，全身都會起雞皮疙瘩，久久不能平復。不過媽媽並非完全沒有動過自己的身體。在榮總的某一天，我發現媽媽的胸口有兩個拳頭大小的硬塊，我把哥哥叫來，兩個人都看不出個所以然來，於是把醫生請過來。醫生檢查了一下，委婉地告訴我們，那是隆乳手術留下的後遺症。我把這個爆炸性的消息告訴爸爸，爸爸卻沒什麼反應。後來他告訴我，當年正是他陪著媽媽去圓環附近的醫院動手術的。

媽媽拿過小孩，好像也不是什麼秘密，不過每個人告訴我的數目都不同。爸爸說，那個年代，大家都沒有什麼避孕的觀念。媽媽的小腹有一道長長的疤痕，應該是當年子宮外孕留下的記號吧。媽媽年輕的時候愛喝酒，開刀的時候，麻藥對她起不了什麼作用，所以幾乎是在沒有麻醉的情況下，硬是把子宮和兩個卵巢摘掉的。因爲這次痛苦的經驗，媽媽出院以後，在菸酒這兩款嗜好上收斂了許多，也開始定期注射女性荷爾蒙。

媽媽的左手少了一根指頭，平時就戴著一個塑膠做

的手指套。第一次看見媽媽的指套，我著實嚇了一跳，但是不敢當面問她發生了什麼事。回家問爸爸，爸爸說媽媽的狗寶寶們打群架，她爲了把牠們拉開，不小心被咬斷了無名指。我也問過其他人，但是大家總是顧左右而言它，所以我始終不太相信爸爸的版本。自從媽媽戴起了指套，我注意到在我面前她會刻意地把左手藏起來。從這件事情，就可以看出我們母女相處的渾沌——媽媽明明知道我知道卻什麼也不說，而我明明知道媽媽知道卻一點也不問。在媽媽過世前的那幾年，我的膽子越來越大，常常問她一些尖銳敏感的問題，像是「妳一生中究竟最愛誰啊？」「妳爲什麼那麼重男輕女呢？」可是，我一次也不曾開口問過那根手指的事。

媽媽有肝病，這是從她的病歷裡查出來的。李阿姨說當年的「明園」是家族企業，阿公和阿姨出了些錢，所以也一起管店。有一次，媽媽向人周轉了六萬元買冷氣，把錢暫時交給阿公保管，沒想到冷氣送來的時候，阿公卻矢口否認錢在他那裡，媽媽又怒又急，結果就得了肝病。三姨說媽媽那次病得很重，爲了治病，不得不向高利貸借錢。此後媽媽就和阿公處不好。媽媽曾經請一位姓盧的律師幫她打官司，後來這位律師變成了劉家的「家庭律師」。「家庭律師」的職責不只是回答法律問題，還包括接受家庭各個成員的委任——剛開始是阿公請她告媽媽，隔一陣子阿姨也請她告媽媽，爲了一筆錢媽媽又請她告阿公，父女姊妹一生相告不知道多少回。

□

我望著病床上側臥的媽媽，總覺得好像失落了些什麼……想來想去，是媽媽的味道、媽媽的聲音和媽媽的神情。

媽媽只用香奈兒No.5。不知情的我，曾經送過她各種名牌香水，媽媽過世以後，才發現三宅一生和克麗絲汀・迪奧還原封未動地據著梳妝台一角。不過，媽媽的味道並不是百分之百的香奈兒，四十幾歲之前，還混合著台灣啤酒與長壽香菸的氣味，開刀以後，她的祕調配方就變成了百分之六十的香奈兒、百分之三十的萬寶路和百分之十的咖啡。我從小就特別注意各種氣味，春天的花、夏天的雨都很香，但是比不上媽媽那種有點甜膩、又有點風塵的女人香。媽媽平時穿得很考究，她那些珠光寶氣的衣服我一點也不愛，但是有機會的話，我會跟她要幾件帶回家，因爲衣服最容易保存氣味，我總在沒有人看見的地方，抱著衣服，像吸毒一樣地吸上好幾口。

媽媽的聲音很好聽。爲了證明這一點，我曾經叫我的大學同學在分機裡偷聽媽媽說話。他們說媽媽的聲音亮亮脆脆的，很果斷，也很有女人味。除了聲音好聽，媽媽也有那麼一點語言天分。她的母語是台語，如果跟我說話，多半都用國語，但是聽不出來一點點本省腔；如果是跟爸爸討論事情，她就會用上海話，爸爸甚至承認媽媽的上海話說得比他還好。但是我認爲媽媽講日語的時候最迷人。有一次我們家族在「青葉」聚餐，媽媽提到她年輕的時候長得漂亮，在中山北路一帶的餐廳裡吃飯，常常會有日本人過來搭訕，爲了表示所言不虛，媽媽當場用日語說了一段敬酒勸菜的話給我們聽，那種酥酥軟軟的語調，任憑誰都無力抗拒吧。

媽媽過世以後，我在她內湖的家裡翻箱倒櫃，找出幾張她年輕到老的照片，覺得不這麼做，就會漸漸忘記她的模樣。可是照片畢竟是瞬間的、凝結的，沒有辦法重現媽媽的神情，讓我很失望。隔了一年，

當時的台北市長陳水扁下令廢公娼，我跟著一群朋友到處幫公娼加油打氣，結果竟然在這些公娼朋友身上看見和媽媽相仿的神韻——那是一種潑辣強悍的氣質，見過世面的模樣和不認輸、不服氣的倔強。沒想到，媽媽在天母縈總縈總離開了我，卻在華西街的巷弄裡、歸綏街的晚會上和市議會的穿堂邊，與我重逢。

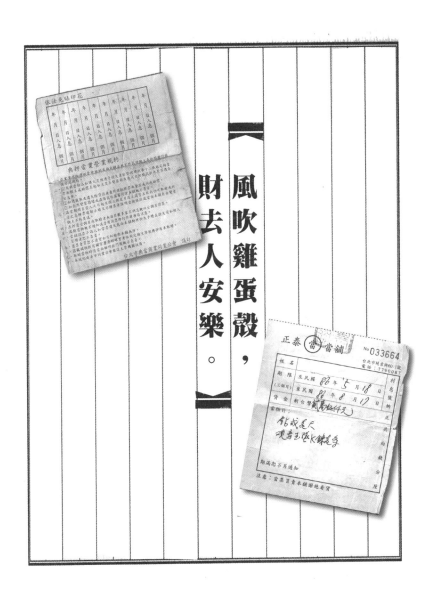

# 風吹雞蛋殼，財去人安樂。

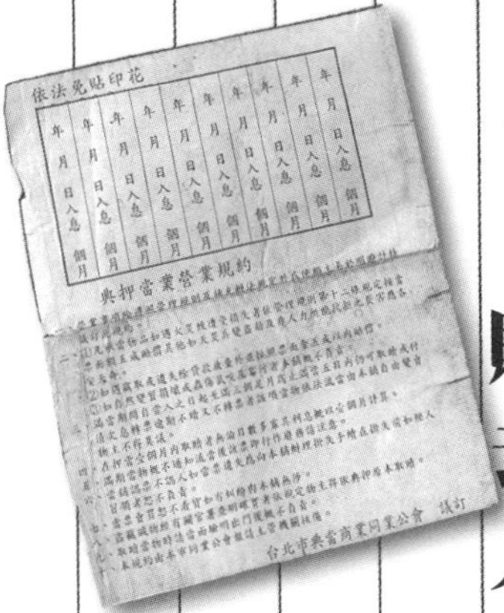
依法免貼印花
典押當業營業規約
台北市典當商業同業公會 議訂

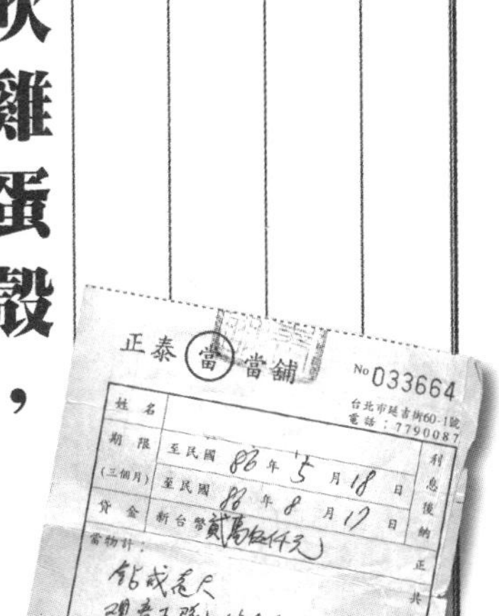
正泰當當舖
No 033664
台北市延吉街60-1號
電話：7790087
姓名
期限
至民國
貸金
新台幣
當物計：
期滿恕不另通知
注意：當票買賣本舖謝絕看貨

媽媽住在榮總的那兩個禮拜，哥哥一下子老了好多。他說二姨拿來幾張媽媽的支票要他背書，加在一起大概總有個兩、三百萬，他糊裡糊塗地簽了名，才想到應該先花點時間瞭解一下媽媽的財務狀況。後來我陪著哥哥去找媽媽的律師，經過一番核對，發現哥哥早就失去了繼承的資格，和媽媽沒有什麼往來的我，反而是她僅存的法定繼承人。哥哥的煩惱，一夜之間，全部變成我的。

爸爸勸我拋棄繼承，他說媽媽的事情太複雜，千萬不要碰這個爛攤子。哥哥希望我繼承，因爲媽媽生前用他的名義擔保了不少債務，如果我拋棄，他就必須宣佈破產。我的律師朋友則建議我辦理「限定繼承」，他說「限定繼承」的基本精神就是有多少錢、還多少債。最好的結果是資產和負債打平，萬一負債超過資產，就按照比例攤還給所有登記有案的債權人，不會把我的薪水和名譽也牽扯進去，是一種比較安全的做法。我聽從了律師朋友的建議，在回美國之前，向法院登記辦理了限定繼承，展開一場長達三年的抗戰。我的「敵軍」，除了建設公司、國稅局、媽媽的債主，還有後悔莫及的我自己。

媽媽唯一值錢的遺產就是「內湖那塊地」，而媽媽最大的債主，則是說好要在那塊地上跟媽媽合建房子的建設公司。第一次與建設公司的陳經理見面，我就發現問題比我想像中的要複雜得多。對方提出了一份求償清單，從民國八十一年四月簽約合建到民國八十五年五月媽媽過世，媽媽欠建設公司的錢，林林總總加起來差不多有新台幣近兩億元。面對這麼龐大的數字，我腦海裡一片空白，想不通這些年來媽媽是怎麼花掉這些錢的。

我的律師朋友幫我逐項清查，發現其中最大的一筆債務是合建的簽約金，其他的，幾乎都是建設公司幫媽媽代墊的款項，包括了各種稅、各種利息和數十筆的私人債務。建設公司的總經理連先生告訴我，媽媽生前惜售土地，只要財務一吃緊，就轉向公司求援，公司爲了讓合建的事情順利進行，不得不幫她償還債務，尤其是最後一、兩年，媽媽的處境越來越困難，每逢過年過節，一定來公司借錢。

雖然請了一流的律師與會計師來處理媽媽生前滿坑滿谷的借貸資料，很多債務和金錢的流向還是無從查證，爲此，媽媽的案子在國稅局裡一擱就是三年。這三年裡，國稅局動不動就來一封公文，一會兒要我們說明頭份農會五千萬元貸款的去處，一會兒要提供哥哥姊姊被人收養的原始證明文件。除了在國稅局與戶政事務所之間疲於奔命，還有一堆媽媽的債主找上我，每一個都讓我頭痛不已。

有位屏東的李老太太，從來不理會律師的解釋，每次見面就扯著嗓門罵我，「我管他X的什麼限定繼承！妳是劉惠芬的女兒，我就是找妳要。」「妳有良心嗎？這世界有公理嗎？我告訴妳，妳會遭報應的。」有一次她找到學校來，說掉了兩顆牙齒，要我給她幾千塊錢補牙，否則就坐在我的辦公室門口不走。二姨曾經放話要找人打哥哥，也叫她的媳婦到我上課的地方來「拜訪」我。

另外有位黃老先生，年輕的時候和媽媽過從甚密。媽媽過世以後，他找了幾個道上的朋友跟哥哥要錢，哥哥不理，後來他叫女兒到學校來找我，口氣變得客氣許多。

張先生是一位計程車司機，以前媽媽常常搭他的車子出門辦事，後來媽媽也跟他借了一點錢。有天晚上，張先生喝得醉醺醺地打電話給我，他說：「你們唸書的就高高在上，看不起我們這些開車的喔。」還說他就在我家附近，再不還錢，看我以後還敢不敢出門。麗秋是張先生的太太，三天兩頭打電話來，哭著說問題再不解決，她就要被張先生打死了。

阿玉也是媽媽的債主之一。她寫給我一封信，說她當年她幫媽媽扛下了妨礙風化的罪名，又陪著自殺未遂的姊姊每天去醫院換藥；可是，「如今，換來了這般下場，我眞的很怨。」

住在中壢的胡老先生，一度也是媽媽的男朋友。他帶著一位中年女子站在教室外面等我下課，兩個人軟硬兼施地講了一個下午，從爲媽媽積德一路說到要和我同歸於盡。

一直跟著爸爸過著單純生活的我，從來沒有碰過這麼難堪的事情。面對這些討債的面孔，剛開始，除了覺得委屈和抱歉，我完全沒有應付的能力。但是在被莫名其妙地痛罵了好幾次以後，我漸漸地有了反擊的勇氣。開口以前，我通常會先問自己：「如果換做媽媽，她會怎麼回話？」這招眞的很管用——對那些拿出血汗錢幫助過媽媽的債主，我會盡量耐著性子好好解釋目前律師和會計師處理的進度，至於那些趁人之危放高利貸的債主，我就一律痛快地罵回去，再也不肯忍氣吞聲。和債主周旋的過程，是我一生到目前爲止最不愉快的經驗，唯一的收穫，大概是讓我親自體會到一點點媽媽生前沈重的壓力吧。

□

爲了向人借錢，媽媽到處吹噓自己的身價，這也是債主們後來不相信我和哥哥的主要原因。媽媽的財產確實不少，可是在她過世以前早就預支得差不多了。李阿姨說媽媽的債務像雪球一樣越滾越大，最後那幾年，已經搞到有點難以收拾的地步了。媽媽住的地方水電被切、電話被剪是家常便飯；沒錢吃飯的時候，就用信用卡胡亂刷一通；信用卡刷爆了，就到處打電話借錢。有一次，媽媽打電話問李阿姨身上有多少錢，她說有兩千，媽媽就專程坐輛計程車來借走了一千。

爲了混過眼前，媽媽還想出來一些怪招。爲了說動別人借錢給她，媽媽會請人家吃飯、貼人家車錢，而且還預扣掉三、四分的利息，可是這麼一來，雖然借到了錢，也只剩下一半。佩珊阿姨說，爲了應急，媽媽也曾經把珠寶、首飾抵押給朋友，最後朋友翻臉不認人，「東西就像丟進水溝裡一樣。」還有幾只翡翠項鍊、玉手鐲和鑽戒被媽媽送進了當鋪，換來不到一半價値的現金，因爲沒錢贖回，也就只好眼睜睜地看著它們流當。走投無路的時候，媽媽甚至拿著信用卡去銀樓甲買金子，再拿去銀樓乙變現。李阿姨說媽媽「是個絕頂聰明的人，卻專門做笨事」。這樣一個專做笨事的聰明人，最後讓身邊的朋友都變成了債主。

哥哥在國外唸書近十年，直到媽媽過世，才知道所有的學費和生活費都是借來的、湊來的、騙來的。佩珊阿姨也曾勸過媽媽不要這麼寵小孩，媽媽聽了就不高興，說：「妳懂什麼？我兒子就要念完博士回來了。」爸爸比較清楚媽媽的狀況，所以從小就告訴我不要拿媽媽的錢，但是我看哥哥姊姊有那麼多好東西，心裡又羨又妒。媽媽心知肚明，每次見面，只要她手頭許可，一定會偷偷塞給我一筆零用錢。姊姊過世以後，我想多陪陪媽媽，常常打電話約媽媽見面喝咖啡，但是媽媽總是推說她忙、她累、身體不舒服。李阿姨問媽媽爲什麼不見我，媽媽說：「沒錢見什麼面？等到過一陣子有錢再說吧。」說起來，哥哥和我，也是媽媽的債主。

打麻將有句輸牌的玩笑話：「風吹雞蛋殼，財去人安樂。」媽媽活了六十歲，真正留下來的，不是金錢，而是一種比「佔有」更重要、也更難理解的智慧，叫作「放手」。

我、哥哥和所有的債主們始終都沒有學會。

# Have You Seen Her?

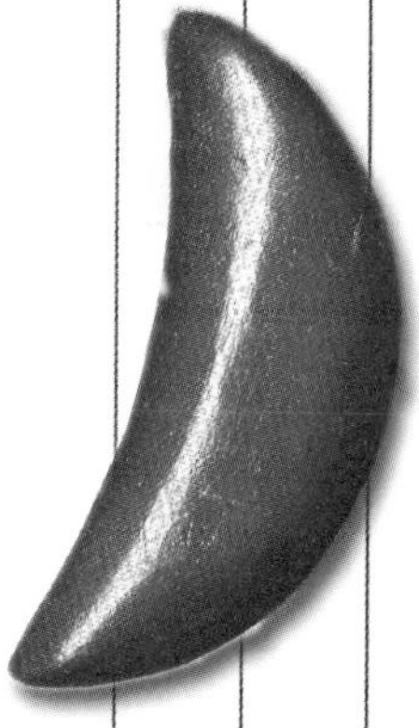

麗秋最後一次見到媽媽，是在民國八十五年的農曆年前。媽媽那時欠了很多錢，不敢回家，就在麗秋家裡住了一晚，打算隔天去建設公司找連總借錢。那天晚上，媽媽看起來非常緊張。她對麗秋說，已經拿了那麼多，不知道人家還肯不肯幫忙。第二天陪著媽媽去公司的，除了麗秋，還有二姨和阿珠阿姨，都是媽媽的債主。最後媽媽借到了一百萬，分給三個人以後，只剩下一點點，請二姨幫忙匯到美國給哥哥。麗秋說，媽媽過世的前一天，還打過電話給她，叫她不用擔心，欠她的錢一定會還清。

□

爸爸是在敦化南路和忠孝東路路口見了媽媽最後一面。之前，媽媽打電話約他，說要拿一點補品送給他。電話裡媽媽提到最近身體不好，除了老是感冒，血壓也偏高，有時候會高到兩百六。爸爸不相信她的話，說哪有人血壓那麼高的？他還是勸媽媽不要吃中藥，一定要去看西醫。見面的那天，媽媽坐著計程車從內湖的家裡出來，爸爸則坐著公車到台北，在路口等她。見到爸爸，媽媽拿了一張十五萬元的支票請他幫忙調一下，爸爸說他手邊真的沒有錢，媽媽很失望，但還是堅持要爸爸收下那張支票，她對爸爸說：「不管怎樣，你盡量幫我想想辦法吧。」然後就坐著計程車走了。那天，距離她過世，差不多有半個月。

□

阿玉說，媽媽最後幾年性情變得有點奇怪，常常懷疑別人拿她的東西，或是偷她的錢。民國八十五年三月，媽媽拿了一台破電扇到阿玉那裡，請她的先生幫忙修一修，後來媽媽到阿玉家聊天，看見電扇，就發了一頓脾氣，罵阿玉手腳不乾淨。阿玉說這樣的事情不只一次，有次媽媽也罵她偷哥哥的牛仔褲，她的先生聽了很不高興，叫阿玉不要再和媽媽來往了。

□

李阿姨是媽媽從年輕交到老的朋友，她說她和媽媽都是用台語「死人頭」來叫對方的。三十年以來，李阿姨的家一直是媽媽的避難所。媽媽過世以前，爲了躲債主，也在李阿姨那裡借住了整整一年。當時的媽媽除了高血壓，也開始有糖尿病的症狀。李阿姨勸她趕快去檢查，媽媽總是拖。李阿姨說，媽媽最後的那段日子過得很苦，去借錢的前一晚，總是徹夜失眠，一邊抽菸（據說一夜要抽掉四包）、一邊苦思對策，直到天快亮了，才回房間小睡片刻。媽媽過世前一個禮拜，約了李阿姨和佩珊阿姨吃飯。長年吃齋的媽媽突然開了葷，點了麻油雞和紅燒蹄膀，把大家嚇了一跳。多年未沾葷腥的媽媽，大口大口地吃肉，說：「事情辦得差不多了，也該享受一下。」吃到一半，媽媽說她從來沒去過香港，大家起鬨說不如明天就走，媽媽想了想，說沒有錢，捨不得去。那頓飯媽媽說好要請客，但最後還是佩珊阿姨買了單。下樓梯的時候，媽媽步履蹣跚，撞到扶手好幾次，李阿姨問她要不要緊，是不是看不清楚，媽媽說：「沒事，只是心裡急，走太快了。」送媽媽上了計程車，這兩個認識了四十年的朋友，就再也沒見過面。

□

三姨不記得最後一次見到媽媽是什麼時候了。我問她爲什麼不跟媽媽來往，她說她看不慣媽媽的生活方式，尤其不喜歡媽媽周圍的朋友。阿姨說，媽媽老是用錢買朋友，聽不進妹妹的一句眞心話。其實我也一直不能理解媽媽和朋友的關係。媽媽手頭寬裕的時候，打幾個電話，一堆酒肉朋友就會圍過來。跟著媽媽吃喝玩樂，不但不用花一毛錢，還可以撈到不少好處。我就親眼看過媽媽拿錢給朋友付水費、電費、菜錢，甚至會錢，媽媽高興起來，還會買些珠寶首飾送給她們；可是一旦媽媽落魄了，除了債主，所有人都跑光光。我問阿姨，媽媽是不是太習慣這種處理人際關係的方式，所以也把這一套用在兒女身上，覺得只要給我們錢，就可以解決所有的問題。三姨苦笑，說媽媽看起來人緣很好，卻一直是個寂寞的人。

□

民國八十五年一月十號，回美國的前一天，我和媽媽見了一面，在中山北路的某家女子三溫暖。那次我回台灣一個月，怎麼也約不到媽媽——要不就是找不到人，要不就是媽媽說她身體不舒服，不想出門。託哥哥的福，媽媽勉強湊出時間跟我們在「台南擔仔麵」吃了一頓飯，草草了事。我打定主意要在走以前再見她一面，媽媽拗不過，就叫我去三溫暖找她。當時媽媽幾乎每天都住在那裡。我們見面，媽媽殷勤地招呼我，陪我換衣服，爲我點飲料，找人幫我指壓，卻沒有和我說到什麼話。大部分的時間，她都在休息區抽菸，和朋友聊天。我猜想她可能覺得和我單獨相處不是那麼自在吧。

臨走的時候，媽媽送我到門口，照例交代我要好好唸書，要幫哥哥介紹女朋友，我也沒有什麼特別的離愁。幾個月以後，和媽媽通過一次電話，當時她已經因爲中風而住過一次院，可是在電話裡，她什麼也沒說。再隔幾個月，紐約的表姊打電話告訴我，媽媽腦溢血，已經在榮總躺了一個星期。聽完電話，我整個人都僵住了。隔了幾分鐘，爸爸打電話給我，叫我不必回去，他已經去醫院看過媽媽，「沒用了。妳回來也沒有什麼意義了。」我輾轉想了一夜，還是去買了機票。

□

媽媽過世以後，我反而比之前有更多的機會見到她。

爲了回覆國稅局的幾個問題，民國八十七年的最後一天，我開車從媽媽生前最後一個戶籍所在地的戶政事務所一路往回查，從內湖到北投，到士林，到北投，到士林，到中山，到士林，到大安，到中山，到古亭……。領了厚厚一大疊「遷出登記用戶籍謄本」，裡面密密麻麻的，都是媽媽在台北市走動的軌跡。在古亭區大學里九鄰的那份戶籍資料中，媽媽的記事欄裡寫著七十二個字：「原籍基隆市信義區萬韋里三鄰基煤巷十八號戶長劉明桐之次女，民國五十一年三月二十二日與陳濟國結婚，冠夫姓變更本籍，民國五十二年五月二日與陳濟國離婚。」戶政人員好心地幫我調出當年的離婚登記申請書，上面有爸爸媽媽的簽名（這次媽媽的簽名是她親筆的），他們之間又愛又恨、又哭又笑的故事，只剩下離婚原因那格裡面的「意見不合」四個字。一疊戶籍資料，原本是爲了要應付國稅局，卻無意中記錄了一段不起眼的家族史，翻開每一頁，都是媽媽豐腴世故的笑容。

□

最後一次見到媽媽，是在我的夢裡。

第一次進去，還不太清楚自己在哪裡，只覺得通道很直，環境很單調，天地很模糊，視線所及都是 monotone 。突然，我明白了，這裡就是死者之域。回到地面，天色有些陰冷，飄著像細雪一樣的小雨。

第二次進去，我遇見姊姊。她穿著一襲白衫，和其他幾個也著白衫的身影從長椅上站起來，正要走開。我叫住她，她看著我，面無表情，但白皙美麗依舊。我問她過得好嗎？她說還好。我問她媽媽好嗎？她說媽媽比較不好。「為什麼？」「媽媽喜歡不動產啊，大家老是燒些房子和地契給她，她在這裡沒有錢花。」她接著說：「不過，我會照顧她。」我說：「要我做什麼嗎？」姐說：「別亂燒。」就走了。

回到地面，天色很暗，下起了傾盆大雨。有個影子在追我。我在雨裡狂奔，害怕面對懲罰。經過一條巷口，有個路人在九點鐘方向重重地摔了一跤，旁邊的人試著扶他，卻扶不起來，我遲疑了一秒，決定回頭幫忙，心念剛動，追我的影子就消失了。

第三次進去，我到處找媽媽。同行的人說資淺的亡魂分配不到好位子，我想知道媽媽有沒有一個足夠的空間。我在灰階裡找了好久，周圍越來越黑、越來越重。突然，有道強光從頭頂打下來，從右到左拉出一張黑色的貴妃椅，上面斜躺著穿旗袍、光著腳、蒼白瘦弱、約莫只有二十出頭、我並不熟悉的母親。她的神情枯槁，口齒不清，彷彿認得我，又彷彿不記得。我問：「媽，妳要什麼？」她說：「我冷，幫我把那條棉褲拿來，好嗎？」「什麼樣的棉褲？」「在右邊衣櫃，我塞在第七條長褲裡的一條衛生褲，妳去幫我拿來。」然後她說了一串話，還提到很久以前的一支電視廣告，是演員雷鳴旁白的。

回到地面，雨下得像是世界末日。我死命地跑，因為又被發現了。追我的影子大叫：「我不會傷害妳，但是一定要取走妳的記憶。」跑到死巷，再也沒有退路，我只好跪下，眼淚成串地掉下來求情：「請你放過我，你不瞭解的，我根本就沒有什麼關於她的記憶。」影子手中閃過一道強光，我還在求：「她從來沒有要我給她什麼，我一定得為她燒一條棉褲。」影子手中閃過第二道強光。

那個晚上，我大哭著醒來。起床，走到書房，坐下來想爲什麼會做這樣一個夢。是不是因爲我的行事曆總是排得密密麻麻的很沒有人性是不是因爲昨夜才和朋友提到老舊廣告影片是不是因爲看了太多次 Man in Black 和 Matrix 是不是因爲我已經三十八歲了還不確定自己可以獨立過日子是不是因爲我處事不夠圓滑是他人的眼中沙是不是因爲我正在生病剛看過醫生是不是因爲媽媽的書一直拖著遲遲沒有出版是不是因爲我對學生太嚴苛要他們寫小說。

隔天，我燒了一條棉褲和一些紙錢給媽媽。在政大附近的樟山寺。

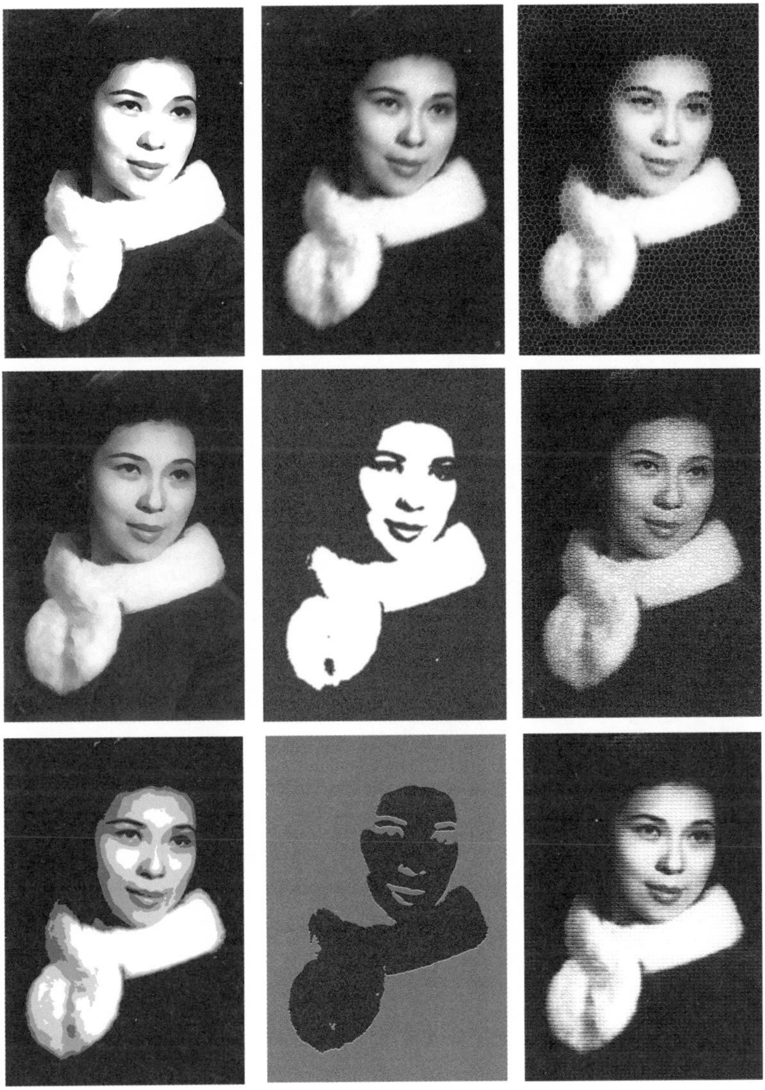

# 後來，

一九九六年五月二十日，距離媽媽過世整整十五天，我帶著複雜的心情回德州，皮箱裡多了一包香、幾張媽媽的照片和一本《地藏王菩薩懺願儀》。

我在租來的房子裡找到一個角落安頓這些陌生物品，每天晚上臨睡前，點起一柱香，爲媽媽結結巴巴地誦一遍地藏王經。後來，我問自己，一樣爲了迴向給媽媽，除了誦經，能不能做點比較不結巴的事情？我學過一點攝影，寫過幾年文案，在美國唸書的時候，當了四年電腦繪圖課的助教，就這樣，開始有了動手寫書的念頭。

後來，寫作的過程並不順利。剛回台北那年，忙著安頓，工作也還沒完全上軌道。第二年，教書教出了趣味，系裡系外的活動不斷，學期中幾乎沒有辦法做任何與創作有關的事情。第三年的情況也差不多，除非寒暑假，根本不可能有完整的段落整理資料、進行訪問。爲了能夠安安靜靜地躲在山裡寫書，我甚至假裝出國。不過，眞正讓我困擾的還不是這些，而是我計畫訪談的對象，因爲我的受訪者幾乎個個都是媽媽的債主。不訪問，我得不到落筆的素材，要訪問，就必須聽每個人輪番數落我的不是、律師的不是和媽媽的不是。我翻遍了所有教研究方法的書，找不到一個案例是像我這樣在田野裡當研究者兼債務人的。長長一段時間，心情煩躁得不得了，幾度想放棄這個寫作計畫。

□

後來，我遇見一些人，他們給了我繼續往下寫的動力。陳俊志是回國才認識的朋友，他的代表作是同志紀錄片《美麗少年》。楊力州是我十二年前的學生，再見面時，已經是兩部得獎紀錄片《畢業紀念冊》和《我愛（080）》的導演。兩個人都有碩士學位，都聰明能幹，三十出頭，差不多正是那種少年得意的年紀。不過，他們不曾在網路行銷研討會上暢談商機，也沒有出現在雅痞雜誌裡代表菁英發言。他們欠缺管理學者口中的社會成就動機，生活簡樸得令人難以置信，但是我認爲他們是成功的、富裕的，因爲我在他們的影像裡找到才華和誠懇，還有，最最鼓動我的是——他們有一種爲了理想不計一切的堅持。張娟芬雖然小我八歲，卻是我許多面向的啓蒙老師。她把文字的美說給我聽、寫給我看，還告訴我女人的情慾，教我什麼是女性主義。從小我就跟著大家一起怪媽媽，從來也不問爲什麼。接觸女性主義，就像一個本來靠著顯微鏡認識世界的人拿起了一只望遠鏡，經過短暫地不知所措，很快地就學會了看事情的新方法，於是，媽媽的處境、媽媽的年代突然立體了起來，媽媽的輕和媽媽的重也變得清楚許多。大塊文化的陳郁馨是最早知道這個寫作計畫的朋友之一，她一路陪著我寫這本書，除了精神支持，也眞的給了我一大塊創作的空間和時間。

□

後來，學生也變成我的動力來源。這次和我一起做美編的兩個女生，就是在政大廣告系撿到的。她們跟著我一起動腦、動手，分擔掉不少因創作而產生的焦慮之害。小P和人接觸的時候非常害羞，但是她的圖像卻很敏銳、熱情。初初和她溝通這本書的影像風格時，曾經擔心她年紀太小、歷練太少，可是看見初稿，就知道她的理解和表達是適合的、加分的。小P的父親幾年前病逝，我偷偷地猜想，或許她因此更能體會我的感受吧。文琪是個開朗活潑的大三學生，平時只覺得她很隨和，聽不太見她心裡的聲音，幾次長聊，發現她筆下的世界更接近她眞實的人生體驗。她畫出來的故事，總是帶著一種非線性式的幽默和些許淡淡的感傷。因爲我們三個人都有那麼一點多愁善感，所以想了一個「組呼」叫做《三顆饅頭》(sentimental)。

□

後來，我又陸續想起四十二個名字，按出場序：劉惠芬、陳濟國、陳文君、陳旻祥、方桂滿、朱孝嵐、陳翠香、郭慧文、陳錦全、夏瑞紅、黃詠蘭、宋偉綾、崔麗心、蔡隆安、李仁芳、施淑琪、沈慧文、陶曉清、丁國豪、黃巧慧、吳楚楚、葉美蓉、林青青、韓林祥、黃媽媽、陳光陸、Gary Wilcox、John Leckenby、劉美琪、Marye Tharp、王小虎、林美杏、于心如、詹宏志、張我風、任小媛、王石番、Wei-Na Lee、陳勤、Linda Golden、賴東明、張瑞玲。在我的生命裡，這些人在他未必知道的時刻，曾經以他未必察覺的方式溫暖過我的心。因著他們，我彷彿明白，生命中一切自以爲是的偶然，其實都是註定要串連在一起的必然。

後來，……。

陳文玲

西元兩千．漫遊之年

附錄一

# 大魔術師

我十一歲的時候，第一次離家出走。夜裡無處可去，只好回家。走到家門口，看見玄關竟然擺著一雙女鞋，以爲是老師來了，嚇得轉身就跑。隔天才知道那是我媽媽，心裡懊惱得不得了。我們母女一生都如此，總是錯過。

我才出生，父母就離婚了。印象裡和母親住在一起，只有短短的一陣子。關於她的最早的記憶，就是她深夜遲歸，帶著一身的酒味。姐姐說媽媽那時有一段刻骨銘心的愛情，但對方在相約私奔的那一刻臨陣脫逃。幾年以前，我纏著媽媽追問這段戀情，她笑得很開心，推說不記得了。

別人的母親好像總是在家裡等待子女，我卻從小就穿戴整齊、滿心歡喜地在不同的西餐廳等著見她，有時一等就是三、四個小時，明知媽媽忘了我們的約會，還是哭鬧著懇求爸爸再陪我等一會。後來有一段很長的時間，我刻意做個陌生的女兒，直到姐姐過世，我才再次想拉近我和媽媽的距離。九三年夏天出國唸書前，特別向媽媽要了一些她年輕時候的照片帶在身邊。

九五年底我回台北一個月，和母親約在華西街夜市吃飯，她反常地準時出現，手上提著兩個米老鼠——就是那種穿唐裝拜年的米老鼠春聯。我忽然變成一個小小孩，跟她搶了一個過來，她也像個孩子一樣陪我打鬧。到現在我都還記得她提著兩個米老鼠的模樣，媽媽也像個米老鼠！

再見到母親，她已經昏迷不醒十天了。明知道她聽不到我的聲音，還是在她耳邊反覆說著：「請放心，我會好好照顧自己。」我憂愁地比較病中的她和從前有什麼不同，根據醫生的說法，在她大腦中央偏右側的地方，有一個直徑五公分左右的血塊，而這個血塊將會永遠切斷她與今生的關係。

在醫院的最後幾天，我向母親的姐妹、朋友們打探母親的瑣碎小事，想塡滿我回憶裡關於她的黑洞。每個人的說詞都不一樣——有人說她柔媚，有人說她霸道，有人說她奔波，有人說她不甘寂寞，但是所有的人都同意：她有一種頑強固執、不向現實妥協的本能，和製造夢想、強迫推銷的才幹。

母親過世以後，我回到德州，順利通過博士論文題綱審查口試。某個無聊的下午，我驅車出城，在公路上反覆聽著蔡琴唱的「南都夜曲」，想起母親的故事，忍不住淚流滿面。媽媽少年時候煙視媚行，中年以後老練海派。在她一生中與現實的糾葛裡，總是抗爭的時候多、安逸的時候少。不過，不管她在什麼年齡對抗人生，以什麼姿態出現人前，她都是個強悍、充滿魔力的女人。所以我打開筆記本，寫下我眞心想送給她的輓聯：「大魔術師」。

一九九六年五月五日，先母劉惠芬女士病逝於台北天母榮總，享年六十。但是，媽媽，妳將是我心目中永遠的大魔術師。

（原載於中國時報，一九九八年五月十九日）

附錄二

# 媽媽的地圖

六條通是母親年輕時候社交活動的大本營。下班以後，她和其他的舞小姐們打扮得花枝招展，往巷弄裡的酒館一坐，叫一桌台菜、開兩打啤酒，輕鬆恣意地用日語和鄰座的客人調笑。阿姨說母親一輩子愛漂亮、愛花錢、愛喝酒、愛調情；她從不爲情所苦，只讓身邊的男人一個個傷透了心。

後來母親在天津街開了一家「明園」純喫茶。店裡光線微弱，十幾個包廂式的雅座隱沒在高聳的盆栽之間，一台原裝的 Sony 盤式錄放音機反覆地播放電影「愛的故事」鋼琴演奏曲，幽暗的情慾混合著流行音樂在封閉的空間裡不停地轉動。那時我們兄妹還小，喜歡撥開棕櫚葉，偷窺一對對糾結在一起、表情痛苦的男女。

自從母親搬進新生北路的電梯大廈，就不太准小孩去找她。有一次去吃飯，遇見幾個母親「公司裡的職員」，她們濃妝豔抹、大聲地說話、用粗俗的台語開玩笑，和我在那個年齡所認識的任何人都不一樣。當我意會過來母親的公司究竟在做什麼的時候，曾經覺得很羞恥，害怕自己會被這個秘密牽連，但是老實說，一直到現在，我都還記得、甚至有點想念那種俗麗卻率直友善的風塵味。

母親再婚以後，在安和路買了一棟房子。起初，爲了安撫家人，她努力地扮演成傳統女人的模樣待在家裡，但是過不了多久，又開始成天往外跑，宣稱這次眞的找到了賺大錢的方法，留下一個我們叫他做「老爹」的公務員燒飯、洗衣、打掃、蹓狗、應付小孩和債主；最後他受不了、也離家出走了。母親生命中的「老爹」有好幾個，結果也都差不多。

我的母親是人們心目中的「壞女人」；尤其在她所處的那個年代，大家都說她任性、自私、奢華、破壞別人的家庭、未善盡爲人母的天職。我小時候，母親不在身邊，大一點以後，又害怕被人發現是「壞女人」的女兒；這些怨恨隨著年歲增長，漸漸演化成我和她之間的疏離。直到母親過世，我打開塵封已久的回憶、按圖索驥，才發現我的母親不是什麼壞女人，而是一個「不知亦能行」的女性主義者。不管當時的社會用什麼方式訓誡她、規範她、評斷她、恐嚇她，她還是堅持在那個保守自閉的年代裡，用行動在台北市街畫出一塊地圖，做自己想做的事，過自己想過的生活。

當我領悟母親一生都在爭取做自己的自由和權力時，我不再恨她，而且有點瞭解她的想法、認同她的行為。感慨的是，「做自己」這個掛在每個現代人嘴上的台詞，對於母親那個年代的女子來說很難，對於我所處的這個時代又談何容易呢？

（原載於自由時報，一九九八年九月十五日）

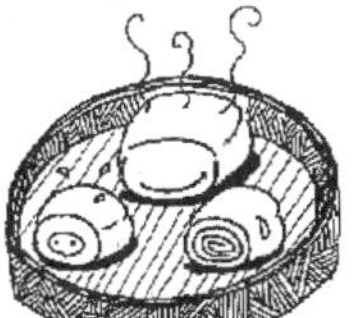

# 三顆饅頭外傳

圖·文／文琪

熟饅頭
／陳文玲飾

很多時候，她會讓人忘記她是個老師。
與其說她像朋友，不如說像我們熟悉的家人，
可以一起打屁、談心、耍賴、包容和分享。
從沒想過 會遇到這樣的老師。

豬饅頭
／小P飾

小P是個可愛的傢伙。
有點脫線，有點無厘頭，有點不受拘束的純真
認識她的人 都知道她是個影像高手
她的作品 透露出一種與眾不同的情感和意境，
我們將它形容為一「很小P!」



焦饅頭
／文琪飾

焦慮，焦急，焦慮，焦急……
我是緊張的帶原者，隨時隨地散佈著病媒，
只有畫畫能讓我徹底放鬆，
有人說，我的畫幽默中帶點憂傷，
其實，那是無限矛盾堆疊出來的反叛。

國家圖書館初版品預行編目

多桑與紅玫瑰／陳文玲著——初版——
台北市：大塊文化，2000 [民 89]
面：　　公分——(mark : 16)

ISBN 957-0316-12-8 (平裝)

857.7　　　　89005026

105 台北市南京東路四段 25 號 11 樓

廣 告 回 信
台灣北區郵政管理局登記

# 大塊文化出版股份有限公司 收

請沿虛線撕下後對折裝訂寄回，謝謝！

地址：______市／縣______鄉／鎮／市／區________路／街______段_____巷

弄______號______樓

姓名：______________________

大塊 LOCUS 文化

編號： MA 016　　書名： 多桑與紅玫瑰

# 讀者回函卡

謝謝您購買這本書，爲了加強對您的服務，請您詳細填寫本卡各欄，寄回大塊出版 (免附回郵) 即可不定期收到本公司最新的出版資訊，並享受我們提供的各種優待。

**姓名**：________________________ **身分證字號**：___________________________

**住址**：_____________________________________________________________

**聯絡電話**：(O)________________________ (H)___________________________

**出生日期**：________年____月____日 E-Mail______________________________

**學歷**：1.□高中及高中以下 2.□專科與大學 3.□研究所以上

**職業**：1.□學生 2.□資訊業 3.□工 4.□商 5.□服務業 6.□軍警公教 7.□自由業及專業 8.□其他________

**從何處得知本書**：1.□逛書店 2.□報紙廣告 3.□雜誌廣告 4.□新聞報導 5.□親友介紹 6.□公車廣告 7.□廣播節目 8.□書訊 9.□廣告信函 10.□其他____________

**您購買過我們那些系列的書**：

1.□ Touch 系列 2.□ Mark 系列 3.□ Smile 系列 4.□ catch 系列

**閱讀嗜好**：

1.□財經 2.□企管 3.□心理 4.□勵志 5.□社會人文 6.□自然科學 7.□傳記 8.□音樂藝術 9.□文學 10.□保健 11.□漫畫 12.□其他______

**對我們的建議**：_____________________________________________________

___________________________________________________________________

___________________________________________________________________

LOCUS

LOCUS

LOCUS

LOCUS